ラルーナ文庫

異世界でドラゴンカフェの専属獣医になりました

谷崎トルク

三交社

CONTENTS

Illustration

兼守美行

異世界でドラゴンカフェの専属獣医になりました

本作品はフィクションです。
実際の人物・団体・事件などにはいっさい関係ありません。

プロローグ

芹澤碧人(せりざわあおと)にとって重要な一日が始まろうとしていた、その日――。

星野(ほしの)動物病院に来た最後の飼い主(オーナー)はチワワを抱いた美魔女だった。

「朝からペコちゃんの様子がおかしくって……何か変なものでも食べたのかしら。先生、診(み)てくださる？」

巻き毛のマダムは胸の谷間を強調させながら、抱いているチワワを診察台の上に乗せた。

心配そうな表情のわりには髪形や服装に乱れがなく、メイクも完璧(かんぺき)に決まっている。嵌(は)められた時計と指輪も服のデザインに合っていた。慌てて出てきたわけではないだろう。

――全く。

獣医師一年目の芹澤碧人は患畜の体を保定しながら心の中で溜息(ためいき)をついた。

このマダムが星野動物病院へ来るのは今月でもう五度目だ。その内容は病気や事故、通常の健診ではなく、マダムが訴える小さな違和感のみだった。ペコちゃんと呼ばれた雌のチワワは数年前に避妊手術を終えており、慢性疾患やガンなどの治療中でもない。至って健康なワンちゃんだ。

来院の目的は診察ではなく、院長の星野に会うためだろう。

星野は〝神対応のイケメン三獣（医）師〟とメディアで取り上げられるほどの男前で、女性のオーナーから絶大な人気があった。確かに星野はスタイルのいい二枚目で、獣医としての腕も確かだ。俺だってそんなに悪くないけどな、と思いつつ碧人が顔を上げると、当の星野がマダムに笑顔を向けていた。

「何を食べたのか分かりますか？」

「そうね……ええと、気づいたら電動の玩具がバラバラになっていて、細かいパーツを飲み込んじゃったかもって。入っていた電池も見当たらなくて、とにかく不安で――」

「なるほど。異物や電池を飲み込んでいる可能性が考えられますね。とりあえずレントゲンと血液検査をしましょう」

星野が白い歯を見せると、マダムは潤んだ目で星野を見つめ返した。チワワのペコちゃんよりも瞳がウルウルしている。マダムのそんな様子に呆れつつ碧人が患畜の体を抱き上げると、ペコちゃんが悲しそうな声を上げた。

――わたし、なにもたべてない！　ママはうそをついてる！　おうちにかえりたい！

ペコちゃんはキャンキャンと甲高い声で鳴いているが、碧人の耳にはその心の声がはっきりと聞こえた。

「院長、すみません。ペコちゃんは異物誤食をしないタイプだと思いますが。頭のいいワンちゃんですし、噛(か)み癖や異物摂取の既往歴もありませんから」

「オーナー様が心配なさっている」

「え？」

「視診だけで異物摂取を百パーセントしていないとは言い切れない。まずは検査だ」

「……はい。すみませんでした」

　確かにそうだろう。院長の判断は正しい。動物の言葉が分からない人間にとって患畜が誤飲や誤食をしていないかどうか確かめるにはエコーやＸ線、ＣＴなどの画像検査しか方法はない。碧人はペコちゃんに小さい声でごめんねと謝りながら採血のフォローを済ませ、彼女をレントゲン室に連れていった。

　碧人には不思議な力があった。幼い頃から動物の話す言葉が自然に理解できた。あまりに自然すぎて聞こえることが当たり前だと思っていたが、それが違うと気づいたのは幼稚園の時だった。

　園庭で飼っていたリスが一斉に逃げ出し、皆で追いかけた。けれど、動きが敏捷(びんしょう)なシマリスを捕まえられたのは碧人だけで、先生をはじめ他の誰(だれ)もシマリスを捕獲できなかった。碧人はリスが出す声を頼りに、進路を先回りすることで捕らえられたが、その声が碧人にしか聞こえていないのだと、その時、初めて気づいた。

　結果として、碧人の能力を誰も信じず、周囲の大人たちからは腫(は)れもの扱いされたが、碧人の祖母だけがそれを信じてくれた。

人はたくさんのものを同時に持つことはできない。荷物であっても能力であっても、それは同じだ。だからこそ自分が手にしているもののどこに光を当てて生きるか、慎重に考えて行動しなければならない。

祖母はいつも、そう言っていた。

だから碧人が獣医になりたいと言った時、祖母は迷わず応援してくれた。碧人の能力を活かすにはこの仕事が一番だからだ。正しい光の当て方ができたとその時は喜んだ。

だが――。

ペコちゃんは台の上で「かえりたい、もういやだ」と繰り返している。

オーナーの都合で必要のない検査を繰り返されるペコちゃんが不憫で仕方がなかった。

こんなふうにストレスを与えることが彼女にとって一番の健康被害なのだ。そう思っても院長の指示を無視するわけにはいかなかった。

「もう終わるからね。ごめんね」

罪悪感が胸を突く。正しいことができない無力感でいっぱいになった。

――全く、やりきれないな……。

ままならない現実に溜息が洩れる。碧人はペコちゃんをどうにか宥めつつ、ひと通りの処置を済ませた。

その後も残りの業務を続け、全て（すべ）の仕事を終えた時には午後八時を過ぎていた。看護師たちと協力しながら掃除を済ませ、ロッカーでスクラブから私服に着替える。最後、院長に挨拶（あいさつ）を残して病院を出た。

「あ……寒っ……」

十月も半ばを過ぎると夜は寒い。

吹く風に湿った冬の匂（にお）いが混じっていた。

碧人はジャケットの前を手で合わせながら歩道へ出た。駅までの道のりを急ぐ。

「なんか疲れたなあ……」

愚痴のような、慰めのような言葉がこぼれる。

ほとんどの社会人一年生と同じように、碧人は憧（あこが）れを胸に抱いて獣医師の世界に飛び込んだ。

碧人には夢があった。

特定の動物や疾患に限定せず、総合的な治療が行える獣医になること。予防医療や再生医療など、あらゆる診察領域を習得すること。様々な現場をこの目で見て、そして、自分の能力を活かすこと――。

学生時代から積極的に海外へ足を延ばし、地道な勉強と経験を重ねて、一つでも多くの命を救いたいと臨床の現場に飛び込んだが、現実はそう甘くはなかった。

「なんだかなあ……」

空を見上げると小さな星が輝いていた。

動物病院の場合、患畜を診るのはもちろん、飼い主の心に寄り添うことも仕事の一つだ。オーナーの不安を取り除いてその希望を叶(かな)える。選択上、必要のない治療であっても要望があれば行う。病院経営にビジネスの側面がある以上、オーナーに気に入られなければ仕事にならない。それが病院獣医師の現実だった。

「あれ？」

病院の建屋から百メートルほど離れた場所に専用の駐車場があった。そこにさっきのマダムがペコちゃんを抱いて立っている。傍(そば)には院長のフェラーリが止まっていた。院長を待っているのだろうか。

気になって声をかけようと思ったその時、マダムの腕の中からペコちゃんが飛び降りた。いやだいやだと叫びながら道路に向かって走り出す。パニック状態なのか止まる気配がない。

「ペコちゃん！」

マダムの声と自分の声が重なった気がした。

大通りにはたくさんの車が走っている。幹線道路のためバイクやトラックの往来も多い。

そこに向かってペコちゃんが一目散に駆け出した。

「危ない！」

碧人は反射的に追いかけてリードの端をつかもうとした。けれど、持ち手には届かず、絡まったリードをつかむのを諦めてハーネスの根元へと手を伸ばす。

――くそ、あと少し……。

碧人の指先がハーネスの金具に触れた、その時だった。

脇腹に衝撃があり、景色が一転した。

体が宙に浮き、星空が目前に迫ったかと思うと、今度は灰色に染まった。訳が分からない。

すんでのところでペコちゃんが道路の脇に転がっている姿が見えた。

――よかった。助けられた。

そう安堵した瞬間、空を切るような墜落感に襲われて息ができなくなった。

急激に意識が遠のく。

――ペコちゃん……。

視界が灰色から真っ黒になった。五感ごと闇に飲まれる。

体が深く沈んでいく感覚があったが、すぐに世界が静寂に包まれ、その違和感もなくなった。

――ああ……俺……。

碧人の意識はそこでプツリと途切れた。

トラックに撥(は)ね飛ばされた碧人の体は、橋の欄干を越え、十メートル以上離れた川面(かわも)へ落下したが本人がそれに気づくことはなかった。

1

東北にある古い屋敷が見える。

その家の台所で祖母が朝食の準備をしていた。

――ばあちゃん……。

今はもうその屋敷はない。祖母も去年、病気で亡くなった。

それで夢を見ているのだと分かった。

碧人は幼い頃に車の事故で両親を亡くし、東北に家を構える祖母のもとで育った。

祖母以外に家族はおらず孤独な幼少期を過ごしたが、祖母の家系が由緒ある裕福な一族であったことや、飼っていた秋田犬とイグアナが兄弟のように寄り添ってくれたこともあり、それほど寂しくはなかった。二匹はもちろん田舎の動物たちと普通に会話できる生活も碧人の癒しになっていたのだろう。孤独だと思ったことは一度もなかった。

――ん？

手と頬に違和感を覚えた。なんだろうと思い、閉じていたまぶたを開ける。

――あれ？

本来なら、東京の片隅にあるワンルームの白い天井が見えるはずだったが、その景色が見えない。おそるおそる顔を上げると、広大な自然が目に飛び込んできた。

「え？」

森だ。

森の中だ。

自分は深い森の底に倒れていた。

死んだのだろうか。

そうかもしれない。

多分、そうだろう——。

見たことのない蝶々（ちょうちょう）が碧人の頬にとまって、すぐにいなくなった。

——透明な翅（はね）を持つ蝶々……ガラスウイングか……。

天を突く剣のような細長い樹々の隙間（すきま）から、淡く繊細な光が差し込んでいる。樹の幹にはレース状の葉を持った蔦（つた）植物が絡み、その根元には分厚い苔（こけ）が密生していた。表面が濡（ぬ）れて光の粒のようにキラキラと輝いている。森の中を流れる空気は水晶のような清冽（せいれつ）さで、胸いっぱい吸い込みたくなった。

深呼吸すると、湿った土の匂いに混じって爽（さわ）やかな若木の香りがした。樹皮の香ばしさや木の芽の青さまで感じられる。いい匂いだ。自分が知っている森じゃない。つまり、ここは天国だ。

「あー、失敗したなあ。最後、よけられたと思ったのにな……」

ペコちゃんを助けようとして、トラックに撥ねられそうになったところまでは覚えていた。途中で意識がなくなったが、多分、そのままよけられずに死んだのだろう。でなければ、この状況に説明がつかない。残念だが現実を受け入れるしかなかった。

ゆっくりと立ち上がる。

とりあえずこの森を出ようと歩き始めた。

体はどこも悪くない。若干、ふらふらするが腕や脚には傷一つなかった。

やはり、死んだのだと実感する。

本来であれば全身傷だらけで骨が一、二本折れていてもおかしくない状態だろう。目覚めたとしても森ではなく病院のベッドのはずだ。

まだ信じられない。

けれど、心のどこかで自分らしい最期だったと苦笑が洩れた。

人生はいつも、いいことと悪いことが交互にやって来る。だからこの天国は自分にとってきっと〝いいこと〟なのだろう。そう己を慰めながら歩いていると平地のような場所に出た。

「あれ、三途(さんず)の川じゃないのか……」

宙を見上げると、青ガラスのように澄んだ空と長く連なる氷山の尾根が見えた。あまりの美しさに溜息がこぼれる。自分がいた世界よりも色彩の明度と彩度が圧倒的に高い。

「もっと奥まで行ってみるか」

太陽も大きい。プリズムのように拡散する光に目を細めていると、突然、視界が暗くなった。眩暈（めまい）だと思い、軽くしゃがみ込む。すると、急に体が浮いた。

「え？　ちょっ――」

幽体離脱かと思ったが違った。

リアルに自分の体が浮遊している。地面がどんどん遠くなって、さっきいた場所がジオラマのように小さくなった。

パラグライダーに乗っているみたいだと思った瞬間、恐怖に襲われた。

落ちたら死ぬ。

いや、もう死んでいるのか……。

けれど、もう一度、死ぬのは嫌だ。絶対に嫌だ。頼む、誰か助けてくれ。

ばあちゃん、と情けない声が洩れる。

いいことと悪いことが交互にやって来る、そのルールは死後も健在のようで、碧人は自分の不運をますます呪（のろ）いたくなった。

「もう……好きにしてくれよ……」

　諦めの境地に立って顔を上げると大きな翼のようなものが見えた。バサリバサリという音に、空を切るようなゴウゴウという風の響きが混じる。翼は半透明の青い鱗（うろこ）で覆われていて、太陽の光を反射しながら宝石のように輝いていた。

　――ドラゴンだ。

　美しい翼を持った飛竜。

　青いドラゴン。

　それに首根っこをつかまれて体ごと攫（さら）われている。

「嘘（うそ）だろ……」

　このまま地獄に連れていかれるのだろうか。

　冗談じゃない。

　手足をじたばたさせると急に飛行のスピードが速くなった。

　――怖い。怖すぎる。助けてくれ！

　見えていた森が地図のように小さくなり、その先を見ると九十度の断崖（だんがい）絶壁だった。あのまま歩いていたら谷底へ落ちていたかもしれない。それが分かって、二重の恐怖で目尻（めじり）に涙が滲（にじ）む。

　手足が震えて、下半身がじわりと熱くなった。どうやら失禁してしまったようだ。もうどうにでもなれと半ば意識を飛ばしていると、高度が下がり、地面にふわりと落とされた。

——え？

飛竜は碧人の様子を確かめるような気配を残して、すぐに飛び去った。

眩暈がする。体に力が入らず、一歩も動けない。恐怖で腰が立たず、どうにか空を見上げた時にはもう飛竜の姿がなかった。その全形を、特に顔を見られなかったのは残念だったが、運ばれた先が地獄でなかったことにひとまず安堵する。

「……全く、なんだよもう」

顔を上げると石でできたドーム型の建造物が見えた。無骨な石が整然と積まれ、屋根が半円状になっている。とりあえず、その中に避難しようと思いついた。教会や修道院のように見えなくもない。

「……ああ、くそ」

思うように動けず、地面に両手両足をついたまま、産まれたての子鹿のように震えていると、突然、目の前の空気が変わった。

ふと顔を上げると一人の男が立っていた。

——人間……なのか？

幻覚ではない。

厳密に言えば、一人というのも、男というのも違うのかもしれない。

思わず息を呑むような美しい生き物がそこに立っていた。

＊＊＊

その男を目の前にして、しばらく時間が止まった。

二足歩行で人型（ヒトガタ）をしているが人間とは明らかに違い、二メートルを超える長身に、長い青色の髪と瞳を持っている。腕と手の甲、そして額に鱗状の模様があり、半透明の青い爪（つめ）をしていた。肌は白くなめらかで内側から発光しているような輝きがあった。

――綺麗（きれい）だ……。

青孔雀（あおくじゃく）やブルーイグアナを初めて間近で見た時のような感動を覚える。

身に纏（まと）っている白い服はトーブに似た民族衣装に見えるが、襟周りと袖と裾（すそ）に細かい金色の刺繍（ししゅう）が施され、胸には七色の宝石が縫いつけられていた。身分の高さを感じるような美しい衣装だ。

ぼんやりしているとその男が近づいてきた。

ふわりと爽やかな匂いがする。

男は軽く目を細めると当たり前のように碧人を抱き上げた。

横抱き、いわゆるお姫様抱っこだ。

――え？

碧人は平均身長でそれほど小さくないが、男の腕の中に体がすっぽりと収まった。

体格が違いすぎる。

抵抗する余裕もなく固まっていると、男は碧人を抱いたままドーム型の建物の中へ入っていった。

――あれ、俺……死んだんじゃないのか？

男は確かに浮世離れしていたが、天使や死神には見えなかった。

ドームの中は広い空洞で、外とは違い落ち着いた雰囲気だった。光量も風の入り方もちょうどよく、リゾートホテルのテラスのような心地よさがある。

壁はオーガニック建築だろうか。よく見ると、石の素材を活かしながらも綿密に計算された状態で積み上がっているのが分かった。華美ではないがシンプルで美しい。

やはり、どう考えてもここは天国や地獄ではないようだ。

外国にワープしたのか、それとも時空を超えて過去や未来に飛んだのか……分からない。

どちらかというと異空間や異世界に転移したと考える方が自然な気がした。

男は碧人を大きなトランポリンのような場所に寝かせた。ベッドなのだろうか。ぽわんぽわんしている。碧人が驚いて声を上げると、男はグゥと変な声を出した。絶妙な音量で何を言っているのか分からなかったが、不愉快な反応ではないようで安心する。

男は碧人を寝かせるとその上に布をかけて、胸をぽんぽんと叩いた。母親が赤ちゃんに

するような仕草だった。

　ぽんぽん、ぽんぽん、としばらく続く。

　男は優しい目をしていた。

　碧人があくびをすると満足したのか軽く頷（うなず）いてみせた。

「グゥ……」

　何か思いついたのだろうか。

　男はぶつぶつ言いながら部屋の奥へ姿を消すと、すぐに戻ってきた。その手には分厚い洋書が握られていた。碧人の傍にある台の上に本を載せてぺらぺらと捲（めく）り出す。時々、埃（ほこり）が舞い上がるのか小さく咳（せき）をした。そんなところは人間と同じだ。

「グウグ……」

　男がこれだ！　と何かを当てるような声を出した。

　あるページを開いてしきりに頷いている。

　そのページをちらりと見ると、妖精の赤ちゃんのような絵が描かれていた。碧人とは容姿が全然違う。けれど、その目の色が同じだった。

　青い瞳。

　東北地方では時々、青い瞳を持った日本人が生まれる。

　碧人もその一人だった。

普段は灰色に見える虹彩が光の加減によってブルーに映る。これを神秘的だと称賛する人がいる反面、不気味だと拒絶する人もいて、その評価は半々だった。碧人は特に気にしていなかったが、黒髪、色白のキリリとした和風イケメンの顔に、この色が合っていると自分では思っていた。

男は食い入るようにそのページを読んでいる。

何度か行ったり来たりしながら、絵の横に書かれた文字を熟読していた。当然、碧人には読めない文字だった。

「グウッ……グ」

男は納得したのか、本を閉じると、碧人の方へ近づいてきた。

碧人を優しく抱き上げると、自分の膝の上に向き合う形で乗せた。あやすように背中をトントンされる。

――え？

近い距離で目が合った。

碧人とは違う青。

虹彩は光に翳した瑠璃ガラスのように青く透き通っている。

その目の奥に生き物としての崇高な深みを感じた。永く遺伝子を繋いできた生命の歴史のようなものだろうか。人の心の奥に光る小石を投げて波紋を起こすような、不思議な魅力があった。

綺麗だなとぼんやりしていると、男が突然、碧人のシャツを脱がし始めた。意味が分からず戸惑う。ワーワー叫んでいると頭をなでなでされた。

「やめっ――」

再び恐怖が戻ってくる。

性的な意味はないだろうが、裸に剝かれて食べられるのかもしれないという、新たな疑いが頭をもたげる。さっきの洋書はレシピ本かもしれないのだ。

「もうっ……やめろって」

抵抗も虚しく、全裸にされた。

男は碧人の濡れた下着を見て笑うような仕草を見せた。うんうんと頷きながら碧人を外へ運ぶ。そのまま水浴び場のようなところへ連れられて、水を張った水槽の中に体を沈められた。

「くそっ、洗って食う気かよ！　冗談じゃない！」

碧人が暴れていると頭の後ろに男の手が入った。腕まくりしたその手で碧人の背中を支えると、もう片方の手で水をすくって碧人の体にかけた。それを何度か繰り返す。

――え？

男の手つきは野菜を洗うような乱暴なものではなく、熟練トリマーが子猫を洗うようなやり方だった。一つ一つの仕草に愛情が溢れ、表情も穏やかだ。その目に〝保護ネコチャン、初めてのお風呂〟的な、庇護欲丸出しの感動と喜びが滲んでいる。

――俺のこと、本気であの妖精だと思ってるのか……。

男は四角いレンガのようなものを擦って泡立てると、それを碧人の頭につけて髪の毛を洗い出した。オーガニック石鹸だろうか。頭皮がほどよく刺激されて気持ちがいい。鼻に飛んだ泡に反応して碧人がくしゃみをすると、男がグゥと声を出した。

――なるほど、その「グゥ」は笑い声なんだな。

だんだん理解ができてきた。

けれど、何を言っているのかまでは分からない。動物だったら理解できるのに、と少しだけ残念に思う。

男はシャカシャカとリズミカルに髪を洗い終えると、手で水をすくって泡を濯いだ。耳に水が入らないように上から指で押さえてくれる。そのまま首の皺を洗われ、胸や脇、腕や膝の裏まで丁寧に擦られた。布などは使わずに全部、手のひらで洗われる。

「わっ！」

突然、性器を握られた。

男はオスだな！　という顔をしている。

碧人の驚きをよそに男の手は止まることがない。

両足首を片手でひょいっと上げられて、お尻を丹念に洗浄された。会陰部や孔まで見られて恥ずかしい。これはもう赤ちゃんの沐浴(もくよく)だなと思った。

——けど……なんか心地いいな。

気が張っていた分だけ脱力する。太陽の光を浴びながら澄んだ水で体を洗われて、気分がすっきりした。空は高く、空気は清潔で、生き物の営みが感じられる。落ち着いたせいか、なんとなく自分の状況がつかめてきた。

今いる世界が、過去なのか未来なのか、異世界なのかパラレルワールドなのかは分からない。けれど、元いた世界と違うことだけは確かだ。何か特別なアクシデントが起こって、この世界へ飛ばされてしまった。死んだわけではなく、体は元の状態のまま維持されている。

——これは、やっぱり……世界線が変わった、ってやつか。

そして今、全く知らない生き物に体を洗われている。

悪意はないようだ。

多分、だが——。

「グウグ……」

男は納得したのか、碧人の体を引き上げると上下に振って水切りした。髪もぎゅっと絞られる。そのまま屋内へ運ばれて、元のトランポリンの場所に寝かされた。

今度は布で体を拭かれる。足の指の間まで丁寧に拭かれた。くすぐったくて暴れると男がグゥと笑った。碧人の反応が楽しいようだ。

服ぐらいは自分で着ようと思い、体を起こしかけた時、お尻にぽんぽんと粉のようなものをはたかれた。そのまま長い布を腰にぐるぐると巻かれる。

――え？

これってオムツだよな……。

男の顔を覗くと慈愛に満ちた表情をしていた。

最後に大きな織布で体を巻かれる。すっぽり包み込まれた状態で男に再び抱っこされた。ゆらゆらと左右に揺らされる。

――マジか。

これってやっぱり赤ちゃんだよなと自問自答する。

どうやらこの男は、碧人のことを本物の赤ちゃんだと思っているようだ。優しい目であやしてくる。しばらくすると、男は掃除機のような声を出し始めた。

「グーゴゴ、ゴゴゴ、グーゴゴ、ゴゴゴ」

「何？」

疑問も虚しく、グーゴゴ、ゴゴゴが続く。

もしかして子守歌？

子守歌なのか。

衝撃が走る。

驚くほどの音痴だ。

ピッチとリズムが壊滅的に悪い。

こんなにイケメンなのに音痴なんて！　と可哀相（かわいそう）になる。

いや、この世界では音痴じゃないのかもしれない。場所が変われば判断基準も変わる。

そう思ったが、聴くに堪えない声色だった。どう考えても桁違（けたちが）いの音痴だろう。

「……ゴゴゴ……カワイ……ベイビ……」

「ん？」

男の声に聞き取れる単語があった。

可愛（かわい）い？　ベイビー？

すると、今度ははっきりと聞こえた。

可愛い、ベイビィちゃん——と。

違う、違うんだ。俺は赤ちゃんじゃない！

下着が濡れていたのは恐怖による失禁で漏らしたわけじゃないんだ！

そう言おうとしても男が話す言葉を喋（しゃべ）れない。なんとか身振り手振りで伝えようとしたが逆効果だった。

「カワイ……ソレ、カワイ」
だから違うって言ってんだろ！
碧人が本気でブチ切れても男は笑顔のままだった。
——ああ……駄目だこれ……。
脱力感に襲われる。
ぐだっとしているとトランポリンに戻された。
布をかけられてお腹をぽんぽんされる。
くそっと思いつつ、疲れが限界に達したせいか、そのまま意識が遠のいた。

2

朝起きると男の姿がなかった。

心のどこかで昨日起きたことは全て夢だったのではと、いつもの目覚めを期待していたが、やはり夢ではなかった。

ここは病院のベッドでも自宅のベッドでもない。ぽわんぽわんしているベッドの上で、自分は石造りのドームの中にいる。

チワワのペコちゃんを助けてトラックに轢(ひ)かれたことも、青い飛竜に攫われたことも、美しい男に出会ったことも全部、事実のようだ。

――ああ……。

碧人は喉(のど)の渇きを覚えて外へ出た。

建屋の傍に手押し式の井戸が見えた。近づいて金属の持ち手を上下させると、シリンダー内のピストンが往復して水が出た。それをごくごく飲む。冷たくて美味(おい)しい。

「あー、生き返るな」

軽く顔を洗ってドームの中へ戻った。自分の着ていた服を見つけて、それに着替える。

下着はあの男が洗ってくれたのだろうか。やっぱりこっちの方がしっくりくる。長い布は落ち着かない。

周囲を散策してみようと思い、もう一度、外へ出た。

ドームは森の開けた場所にあり、細い小道が木立の奥へと続いていた。そこをしばらく歩く。途中、綺麗な羽をした小鳥とすれ違って、その鳥の声に耳を澄ました。

「……ゾク……サマヨイゾク」

言葉は聞こえるが意味が分からない。

しばらく歩いているとドームに似た建造物が見えた。あのドームと同じように積み上げられた石でできている。

中を覗いてみようと近づいた時、入り口から猛スピードで何かが飛び出してきた。

「……いたいよう、いたいよう」

動物の声。しかも、かなり子どもだ。

痛がっているのが分かる。

ぱっと見たところカエルの置物(オブジェ)が転がり出たように思えたが、目を凝らすとカエルではなく黄緑色をした小さな竜だった。

――ベビー……ドラゴンか？

短い手足でよちよち歩く姿が可愛い。けれど、その子竜は痛い痛いと泣きながら、後ろ足を引きずっていた。よく見ると片足に水ぶくれのようなものができている。

続いてもう一匹、その子竜を追いかけるように建屋の陰から飛び出してきた。最初の子と皮膚の色が違う。橙色(だいだいいろ)をしたその竜は口からボウッと火を噴いた。すぐにさっきの子竜の水ぶくれはこの火竜が吐いた炎のせいだと分かった。

「わーん、いたいよう」

子竜は半ばパニック状態だ。火傷(やけど)なら急いで冷やさないといけない。時間との戦いだ。

碧人は逃げ惑う子竜を追いかけた。すると、道の奥に綺麗な小川が見えた。

――よし、あそこで冷やそう。

碧人は泣いている子竜に追いつき、抱き上げて川まで急いだ。

川岸まで行くと、せせらぎの奥に小さな滝つぼが見えた。水しぶきに太陽の光が当たって綺麗な虹ができている。川の水は冷たく、透明度が高かった。

「ほら、もう大丈夫だぞ」

子竜は碧人の腕の中でキュウキュウと鳴き続けている。抱いたまま川の水で足を冷やすと、徐々にその鳴き声が小さくなった。

「痛かったな。可哀相に……」

優しく話しかけると、子竜は目に涙を溜(た)めながら碧人の顔を見た。

――ああ、可愛いな。

つるりとしたフォルム、ぽこんと出たお腹、短い手足と尻尾、そのどれもが愛おしい。子竜の皮膚はふよふよ、すべすべしていて、抱くと心地のよい重さがあった。重心がしっかりとしていて、将来大きくなる生き物なのだと分かる。背中の翼はまだ未熟なのか、瘤のような突起があるだけだ。

「まだ痛むか？」

その体を支えつつ、もう片方の手で頭を撫でてやると、子竜は涙をこぼしながらキュウと鳴いた。

辛かったのだろう。酷い目に遭ったと必死で訴えてくる。

慰めるように軽く抱擁すると、碧人の脚にぎゅっと抱きついてきた。膝に額をぐりぐりと押しつける、その仕草が一途でたまらなく可愛い。

「あの火竜にやられたのか？」

子竜はキュウと返事のような声を出した。

碧人の言葉がきちんと通じているかは微妙だが、ニュアンスは伝わっているようだ。

「小さいのにずいぶん激しい火を吐くんだな」

「わうい、ひりゅう」

「おまえは火を吐かないのか？」

「ぼく、いいこ……キュウゥ……」

黄緑色の竜と橙色の竜は種類が違うのだろうか。

もしかするとこの子竜は将来、碧人を攫った飛竜のようになるのかもしれない。それとも恐竜でいうところの、ティラノザウルスやイグアノドンのような歩行タイプの翼竜になるのだろうか。考えても分からない。

しばらく川の水で冷やしていると、水ぶくれ周辺の炎症が落ち着いた。早めに冷やしたことが功を奏したようで、大事に至らずホッとする。

「おまえの名前はなんていうんだ?」

「キュ……………ュ」

「皆に呼ばれている名前だ。分かるか?」

「……なまえ……せと」

「セト?」

「うん、せと」

子竜は嬉しそうな顔で碧人を見た。

「まだ痛むか?」

「いたいの……なくなた」

「そうか。もう大丈夫だ。よかったな」

「うん」

セトは碧人を見上げると、ふにゃっとはにかむような表情をした。竜の笑顔なのだろうか。透き通った黄金色の瞳が可愛い。

「……にいたん、ありがと」

にいたんが自分のことだと分かり、胸がキュンとする。

何よりも、酷い目に遭ったにもかかわらず、素直に感謝の気持ちを伝えてくる子竜の純真さに碧人は心を打たれた。


子竜が落ち着いたのを見て、碧人は元の場所へ戻った。

きちんと手当てできる状況ならしてやりたい。そう思って建屋の中へ入ろうとすると、体の大きな生き物が二体飛び出してきた。その姿を見て、息が止まる。

二足歩行だったため、あの美しい男のような生き物かと思ったら違った。

——頭が……ドラゴン？

恐竜のような頭に筋肉質の体、鱗の出た手足と鋭く長い爪を持っている。身に着けているのは戦闘服のようで腰に長い剣を差していた。出で立ちはローマ時代の剣闘士（グラディエーター）のようにも見える。何よりも印象的だったのは、その赤い目だ。

獣人だろうか。

竜が人型を取ったらこうなるのかもしれない。背中にはブルーグレーの翼があり、臀部（でんぶ）

に硬そうな尻尾が生えている。それがビタンと地面を叩いた。本能剝き出しの荒々しさが見て取れる。

「おまえはここで何をしている?」

「彷徨い族か?」

獣人は同時に口を開いた。

言葉が分かる。やはりこの生き物は人間ではなく獣のようだ。

「妙な見た目だな、子どもか?」

「ガレス、気を抜くな。何か特別な能力があるかもしれぬ」

二人は話をしながら徐々に距離を詰めてきた。その威圧感と視線の強さに思わず身震いする。

「キュクロ、見てみろ。角も牙も翼も尻尾もないぞ」

「やはり、彷徨い族だな」

「こいつらは俺たちの世界を壊す生き物だ」

竜の獣人なら、竜人――ドラゴニュートなのだろうか。

竜人はそれぞれ名前で呼び合い、キュクロと呼ばれた方は体が大きく、ガレスと呼ばれた方は細身で耳の上にある角が短かった。どちらもブルーグレーの鱗に覆われ、目が赤かった。

「セト、こっちへ来い」

「……どして」

「そいつは彷徨い族だ。俺たちに悪さをする」

「わうさ、しない。にいたん、いいこ」

「いいからこっちへ来るんだ」

「わういのはひりゅう。けるくが、ぼくに、ひをふいた」

「おまえから喧嘩を吹っかけたんだろう。ケルクと同罪だ」

「ちがう、ぼく、いいこ。にいたんも、いいこ！」

セトはこれまでの状況をなんとか説明しようと言葉を繋いだが、近づいたガレスに体ごと奪われてしまった。その隙にキュクロが碧人の方へ近づいてくる。

「彷徨い族は俺たちの世界に迷い込む害虫だ。ここで俺が消してやる！」

顔を近づけられて睨まれる。赤い目が一瞬だけ溶岩のようにパッと明るくなった。

怖い。恐怖で体が痺れて、一歩も動けない……。

「ん？　こいつよく見ると……目が青いな……」

「キュクロ、どうかしたのか？」

「目が青い……おまえまさか、誰かに召喚されてここに来たのか？」

「………」

「希人か」

キュクロが碧人の顎に手をかけようとしたその時、地面に黒い影ができた。雨雲かと空を仰ぐ。すると、大きな竜が飛んでいた。

飛竜だ。

青くて神々しい。

飛竜は一度だけ竜人たちを威嚇するように咆哮した。

——うわっ……。

耳をつんざくような音に碧人は固まった。両手で耳を押さえてその場に蹲る。風圧が凄い。

セトは目を見開いて飛び上がると、ぴょんぴょん跳ねながら建屋の中へ消えた。

竜人二人は、何か叫びながらお互いを指差して、逃げるようにドームの中へ駆け込んだ。

広い原っぱで一人きりになる。

またあの飛竜に攫われるのかと思い、碧人は目を閉じた。

——くそ、これまでか。

覚悟を決める。けれど、どれだけ待っても連れ去られることはなかった。

ふと顔を上げると青空に大きな太陽が見えた。

ドームに戻って一人で考え事をする。

これまで起きたことを整理しつつ、これからどうしようかと思いあぐねる。

自分はドラゴンがいる世界——飛竜や火竜、竜人が生活している異世界に迷い込んだようだ。この世界に人間はおらず、竜ではない生き物は〝彷徨い族〟と呼ばれて忌み嫌われている。どうやら碧人はその彷徨い族と呼ばれる生き物に該当するらしい。

このままだと、あの竜人に殺されるかもしれない。

なんとかして元の世界に戻りたいが、その方法が分からない。戻れるのかどうかも分からない。

——せっかく異世界に転移したのに……魔力が使えるとかチート状態でもないのか。

今のところ、己のステータスに振り分けられるものが何もない。しいて言うなら「丸腰」に全振り状態だ。

——やばいな。

嫌な予感がする。

これまで自分が目にしてきた異世界ファンタジーの中では、元の世界に戻れないことがほとんどだった。

自分も戻れずにここで死ぬのだろうか——。

想像してぶるっと身震いしていると男が帰ってきた。碧人を見つけて嬉しそうな顔をする。碧人がいるベッドまで駆け足で近づくと、碧人の体を抱き上げて宙に放り投げた。

「ちょっ……わあっ――何するんだよっ！」

抵抗も虚しく両手で受け止められて、また宙に投げられる。

これはあれだな。自分が知っているところの「たかい、たかい」だ。

全然、楽しくない。

むしろ怖い。

碧人の戸惑いを知ってか知らずか、男は満足いくまで碧人を宙に投げた後、守るように
して両腕の中に抱え込んだ。頭を下げてすりすりと頬ずりしてくる。

「ンー、カワイイネ」

男は片言だった。

いや、違う。

碧人は相手が動物なら話す言葉が分かり、ある程度の意思疎通が図れる。だが、人間と
なると日本語を話す相手としか会話できなかった。自分の知らない言語――例えばスペイ
ン語やフランス語を喋る相手とはコミュニケーションが取れなかったのだ。

ということは――

この男は半分獣なのか？

そうは見えない。獣というよりは、妖精や位の高い神様に見える。違うのだろうか。

「ンー、コッチヘオイデ、ベイビィチャン」

なんとなくその話し方に引く。見た目と違いすぎるのだ。

男は気にする様子もなく碧人を抱き上げると、胡坐をかいた自分の膝の上に碧人を座らせた。手に何か持っている。よく見ると木製の器の中に緑色のペーストが入っていた。男はスプーンでその物体をねりねりした。

――うわっ、気持ち悪っ……。

青虫をすり潰したような凶悪な見た目だ。

「アーン、デスヨ」

「……やめろって」

「アーン」

物体がなんなのか分からない以上、食べられない。けれど、碧人はこの世界に転移してから水しか飲んでおらず、確かに空腹だった。

ぐうと腹が鳴る。すると、男がグゥと声を出して笑った。

――くそう。

意味もなく殴りかかりたくなる。けれど、男が冗談や悪戯ではなく愛情を持って接してくれているのが分かって、露骨に反抗できなかった。

一匙食べてみようと思い、やっぱり躊躇する。勇気が出ない。

碧人が頭を左右に振って抵抗していると、男は諦めたのか自分で一匙食べた。

「フン、オイシーノニネ」

「それ、なんだよ。気持ち悪ぃな」

「オイシイ、タベモノダヨ」

「だから、何か説明してくれ」

「ホッペノウロコガ、オチルヨ」

「ウロコって……俺は気分が落ちた……。頼むから、それがなんなのか説明してくれ」

「タベナイト、オオキクナレナイヨ」

「もう充分、大きいから」

「コマッタネ、ベイビィチャン！」

「だから、俺は赤ちゃんじゃない！　れっきとした二十五歳、大人の男だ！」

碧人がキレても男は平然としていた。

碧人が怒りで両手の拳（こぶし）を上げて固まっている隙に、一匙、口の中へ入れようとする。

「くそ、隙を狙（ねら）うんじゃねぇ。無理だから」

「……ムリダ？」

「無理」

「ムリダ……ムリ……」

男はぶつぶつ言いながら碧人を膝から下ろすと、建屋の奥へ消えた。すぐに戻ってくる。あの古くて分厚い洋書を手に持っていた。

男は妖精のページを開いて碧人に見せた。

碧人はそこに書かれている絵を眺めた。妖精の傍に果物のような絵がある。碧人はそれを差して、これが食べたいと訴えた。

「ムリダム！　コレネ、ワカッタ」

「オレンジだろ、それ？」

「アシタ、トッテクルカラ、キョウハ、ミルクノンデ」

男はそう言うとミルクを用意してくれた。細長い皮袋の端っこに穴が開いており、その穴を碧人の口元へ近づけてくる。匂いを嗅ぐと牛乳ではなかったがミルクの香りがした。

「ノンデ」

「………」

一口飲むと山羊のミルクに近い味がした。癖は強いが飲める。ごくごくと一気に飲み干した。

「ンー、オリコウサンネ」

男は碧人の体を立てると背中をトントンと叩いてきた。馬鹿馬鹿しい。ゲップなんかしてやるもんかと思った瞬間、ケプと可愛いゲップが出た。

——ああ、もう。

「ジョウズニデキマシタ」

男はそう言うと満足そうな顔で笑った。

その後も男は甲斐甲斐しく碧人の世話を焼き、寝るための服とベッドを整えてくれた。続けてキラキラしたモビールを枕の上にセットしてくれる。竜が翼を広げて飛んでいる玩具だ。全てを終えると、碧人を後ろ向きの体勢で膝の上に乗せた。

「サテサテ」

「え？」

男の手元に数冊の本があった。

どうやら絵本を読んでくれるようだ。

俺は赤ちゃんじゃないと言おうとしたが、自分の意図が伝わっていないことを考えると、この世界の言葉を覚えた方が近道だと思索する。絵本で言葉が学べるかもしれない。

碧人がおとなしくしていると読み聞かせが始まった。

「ドンナオハナシデショウ」

絵本といっても自分が子どもの頃に読んでいたものとは違う。

豪華な革装本で、中の紙はクラフト紙のように茶色く、独特の質感があった。エッチングに似たモノクロの絵の横に、小さな文字が書かれている。男の言葉と照らし合わせると文字数が足りず、男の語りはほぼ創作なのだと分かった。

「ニヒキハ、シアワセニクラシマシタ。オシマイ」

うーん。竜人が森でホットケーキを焼く話で、どこか既視感があった。他の絵本も牧歌的な話ばかりで聞いているだけで眠くなる。いや、これは多分、寝かしつけの一環だからそれで正解なのか……。

ふと床を見ると、他より分厚い本が見えた。背表紙に竹の節のような凸凹がある。表紙が金属の留め具で綴じられるようになっていて、その四隅に金の飾り鋲がついていた。なんか凄そうだ。

読んでとせがむと、男は少し迷うような表情を見せた後、おもむろに読み始めた。

その絵本は不思議な内容だった。

竜人が住む世界に妖精の赤ちゃんが現れる。その妖精は美しい飛竜に助けられて大事に育てられ、立派な神様へと成長する。神様には特別な能力があり、竜人の世界で起こっている災いや戦いを沈め、人々から崇められる。同時に、悪い竜人にその能力を利用されそうになってしまう。やがて神の国から使者が来て、元の世界に帰る日が来る。最後に、神様は審判の泉と呼ばれる月面が映る泉に身を投げて、お話が終わる。

うーん。これまた強烈なバッドエンドだなと無の境地になったが、かぐや姫的なあれかと納得する。どの時代、どの世界であっても、ウケるお話の型が存在するようだ。神様ネ夕はどんな世界線でも鉄板なのだろう。

あくびが出る。

目尻にじわりと涙が滲んだ。

そうだ。明日、男が消えた場所に行ってみよう。多分、書庫のような場所があるんだろう。そこに行けば、この世界の言葉や地図、文化や歴史についても学べるかもしれない。

意識が遠のく。

知らないうちにベッドに寝かされて、布をかけられた。

――なんか……気持ちいいな。

眠りの底に沈みながら、男が頭を優しく撫でてくれたことだけは覚えていた。

3

目覚めると、竜のモビールがキラキラしていた。

吊るし雛のようなそれを指でちょんとつついてみると、翼を広げた三匹の竜がクルクル回った。同時にシーツに落ちた竜の影も回る。

——昨日はこれを、男が楽しそうに回してたな……。

あの男にとって、ここはどういう場所なのだろう。

どうやって生活しているのか、そもそもどんな立ち位置の生き物なのか、全く想像できないが、男がこのドームの中で気を張っているところを見たことがなかった。終始、落ち着いた表情で、仕事をする様子もなく、碧人の面倒を楽しそうに見ている。

——本当に……何をしている男なんだろう。

ふと気になって建屋の奥へ行ってみる。

部屋のつきあたりは一段下がった円形広場になっていて、天井の隙間から差す光が円の周囲を白く照らしていた。祈りの場なのだろうか。岩肌をそのまま活かしたような石の祭壇に燭台と花が供えてあった。

その祭壇の脇に小さな階段を見つけた。下り専用のようだ。おそるおそる下りてみると
そこは地下室で、天井まである本棚にたくさんの本が並んでいた。隙間なく乱雑に積まれ
ている棚もある。どれも古い洋書で手に取ってみると油と枯れ葉の匂いがした。
——ん？　これは羊の皮か……。
匂いを嗅いでみる。
獣皮と呼ばれる生き物の皮でできた革装本は、あの絵本と同じように背表紙に独特の突
起があった。
動物の皮の使われ方は国や時代によって違う。
例えば装丁なら、中世のドイツでは豚革、イギリスでは子牛革、イタリアでは山羊革が
多用されていた。羊はどこだろう……。
気になった装丁の本をパラパラと捲ってみると、役に立ちそうなものが幾つか見つかっ
た。
植物や鉱物の図鑑、天文学や地質学の専門書、歴史書、医学書、地図、言語学とその辞
書、美術や音楽、建築関係の本まである。とりあえずこれでひと通りこの世界のことを学
べそうだ。文字は読めないが、絵や図鑑などで内容をつかむことは可能だろう。読んでい
るうちに分かることもあるかもしれない。碧人は何冊か持って建屋の一階へ戻った。
「……あれ？」

テーブルの上に果物とお菓子が置いてあるのに気づいた。

男が用意してくれたのだろうか。

お菓子の匂いを嗅ぐと穀物の香りがして、食べるとわずかに甘みがあり、ほろほろサクサクの触感で美味しかった。ビスケット……だろうか。ムリダムと呼ばれた果物はグレープフルーツによく似た苦みのある果肉で、みずみずしく、こちらも美味かった。

「うーん、なんか元気出たな」

ふと見るとバスケットの下に一枚の絵が敷いてあった。

なんだと思って手に取ると、赤ちゃんがベッドに寝ている絵で、その周囲にトゲトゲの柵が描かれていた。外には槍を持った吊り目の竜人がずらりと取り囲んでいる。どうやらここから出るなとそう言いたいらしい。

「フッ、なんか……下手だな」

解読できた自分を褒めてやりたい。

音痴で絵が下手。だが、イケメン。そして、多分――優しい。

男の無駄な情報だけが増えていく。

「けど俺は……妖精の赤ちゃんじゃないんだけどな……」

立派な成人男子だ。

頭を掻きつつ、なんとなくベッドの下が気になって覗いてみた。エロ本的な何かが出てきたら男を知る手がかりになるかもと思ったが、出てきたのはエロ本ではなく木の箱に入った財宝だった。

「え？　……海賊？」

一見すると金貨や宝石に見えたが、よく目を凝らすと財宝ではなく、キラキラした石やガラス、色鮮やかな葉っぱや枝や紐(ひも)だった。タンス預金にも見えるが多分、違うだろう。

「なんだこれ」

カラス……なのだろうか。

カラスは光るものや美しいものを集める習性があるが、あの男もそうなのかもしれない。

葉っぱや紐に触れてみるとカサカサと乾いた音がした。この音色が好きなのだろうか。

そういえばカラスも鈴や風鈴をつついて遊ぶのが大好きだ。

「うーん、分からないな……。ちょっと出てみるか」

散歩がしたくなった碧人は建屋の外へ出た。

建屋から続く小道を歩いていると、子猫の鳴くような声が聞こえた。

よく見ると猫ではなく竜の赤ちゃんだった。

「ん？　セト……か？」

子どもが履いているピーピーサンダルに似た音がする。

セトは碧人を見つけると、ぴょんぴょんと跳ねながら近づいてきた。

「にいたん、にいたん」

「おお、よくなったな、足」

「にいたん、いた。さがしてた！」

碧人が両手を伸ばすと、セトが勢いよく胸に飛び込んできた。子竜特有のふよふよ、すべすべの体が愛おしい。セトの歓喜の声は止まらず、語尾にハートマークがついているような鳴き声が響いた。

「火傷はもう大丈夫か？」

「うん」

「あの後、ガレスとキュクロはどうした？」

「こんらとさまが、おこたの」

「ん？　おこた」

「うん、おこたからにげた」

よく分からない。

「がれすときくろ、きょういない」

「いないのか？」

「うん」

あの二人がいないなら安全だ。けれど、他にも竜人がいるかもしれない。

碧人が逡巡（しゅんじゅん）しているとセトが笑顔で話しかけてきた。

「にいたん、いしょにきて」

「ん？」

「ころにでいしょに、あしょぼ」

ころにとはコロニーのことだろうか。

「あしょぼ？」

「セトには友達がいるだろう？　あの火竜は乱暴者かもしれないが……」

「けるくはわういこ、にいたんはいいこ！」

「はは、そうか」

「うん、そう！」

碧人はあの場所がなんなのか気になっていた。そして、この子竜の生態や竜人についても詳しく知りたかった。迷いはあったが、碧人はセトと話しながらもう一度、あの場所へ行ってみようと決心した。

石造りの建屋に近づくと、子猫の鳴き声が聞こえた。気になってドームの内部へと足を踏み入れる。

中を見て驚いた。やはり猫ではない。広い空間にたくさんの子竜たちがいた。

「にいたん、どしたの？」

「……いや、ケルクだけがいるのかと思っていた」

「ちがうよ。ここはころになの。こりゅうほごく、こんらとさまが、かんりしてる」

セトが言っている言葉はよく分からなかったが、この場所は、様々な種類の子竜を集めて保護する施設のようだ。保育園や幼稚園に似た温かい雰囲気がある。セトと同じ黄緑色の子はもちろん、橙色や紫色の子竜もいた。

ぼんやりしていると足元に一匹の子竜が来た。

「……ねねを、だっこして」

抱いてほしいのだろうか。碧人に甘えてくる。

紫色の子竜を抱き上げるとセトが「あうない！」と声を上げた。

「どうした？」

「このこは、どくをもてる」

「毒？」

「かまれるとしぬ」

物騒だなと思いつつ、頭を撫でてやると子竜は嬉しそうに目を細めた。噛むつもりはないようだ。

「大丈夫だセト。この子は噛まない」

碧人がそう言うとセトは小さく頷いた。そのままドームの奥まで進む。すると「いやだ、いやだ」と何かを拒否するような声が聞こえてきた。赤ちゃん竜が誰かの膝の上で暴れている。食後の薬を飲むのが嫌らしい。近づいて――碧人の足が止まった。

――竜人か。

背筋がゾクリとする。けれどその竜人は戦闘服を着ておらず、ピンク色のエプロンをしていた。雌なのだろうか。頭の上に同じ色のリボンを結んでいる。顔に保育士のような柔和な雰囲気があった。

「あっ！」

碧人を見た竜人が驚いたような声を出す。口に手を当てて固まった。

赤い目を瞠るようにして、じっとこちらをうかがっている。

「あの……突然、すみません」

竜人はまだ驚いている。

碧人が近づくと後ろへ後ずさった。

「怖がらないでください。危害を加えるつもりはありません」

「…………」

「俺は芹澤碧人といいます。二十五歳の男で獣医師です。セトに誘われてここに来ました。

自分にお手伝いできることがあればと思って、それで――」

碧人の言葉に竜人は二回頷いた。

何か納得したのか、子竜を膝から下ろした後、小さく呟いた。

「目が青い……」

「え？」

「コンラート様から、妖精の赤ちゃんの育て方について尋ねられましたが……お話ができるんですね」

「えっと、あの――」

「すみません。こちらへどうぞ」

「え、いいんですか？」

「ええ」

コンラートと呼ばれた人物が誰なのか分からなかったが、受け入れられたようで安堵する。この間の竜人のように碧人に攻撃を加える気配はなかった。

「飲み薬ですか？」

「はい。この子は皮膚が弱くてそのためのお薬なんですけど……口を開けなくて」

碧人は抱いていたネネを下ろし、代わりに橙色の子竜を受け取った。熱はなく、細菌やウィルスによる感染症ではなさそうだ。アレルギーか何かだろうか。

た。

「いやだ、いやだ！」

「メル、お薬飲まないと良くならないわよ」

「のみたくない！」

メルと呼ばれた子は碧人の腕の中で暴れている。そのまま上を向いてボウッと火を吹いた。

――熱い。

碧人はその火に構わず、メルを左右に激しく振った。

碧人の突然の暴挙に、竜人は目を見開いて驚いている。碧人はメルをブンブン振りながら、女性に話しかけた。

「薬を飲ませる準備をしておいてください」

「……わ、分かりました」

思う存分、振り回したところで手を止めた。

目を回したメルが、ゲエッーとなって口を開ける。その隙に薬を放り込んで口を閉じさせた。そのまま上を向かせて喉を優しくさすってやる。

「飲みました……」

「ですね」

メルは何が起きたのか分からないという顔をしている。

「にいたん、しゅごい！」

セトが褒めてくれた。

短い両手を挙げて地面をふみふみする。喜びの舞だろうか。

「めるたんも、しゅごい。おくしゅりのめたね」

「せとぉ……」

何やら子ども同士でこちょこちょ慰め合っている。その姿が可愛い。

碧人はセトとメルを両腕で抱き上げた。すべすべの頭に額を擦りつける。二匹はくすぐったそうな声で笑った。

「希人(マレビト)様は、やはり竜がお好きなんですね」

「え？」

「あっ……いや、余計なことを……すみません」

女性が何を気にしているのかは分からなかったが、碧人は子竜の可愛さにやられていた。真っ直(す)ぐ甘えてくる姿が愛おしくて仕方がない。ここにいる子竜たちが怪我(けが)をしたり、病気になったら自分が面倒を見たいと思った。元々、エキゾチック――犬猫以外の爬虫(はちゅう)類(るい)や両生類も大好きなのだ。

「あの……時々、ここへお邪魔しても構いませんか？」

碧人が竜人に尋ねると彼女は小さく頷いた。名前はメーリアだと教えてくれる。

「俺のことは気軽に碧人って呼んでください」

「……はい」

メーリアは少しだけ困った顔をしたが、はにかむように薄く微笑んだ。竜人の笑顔も悪くない。碧人はしばらく子竜たちと遊んだ後、コロニーを後にした。

楽しかった今日の出来事を思い出しながら歩いていると、前方から猛スピードで何かが近づいてきた。

――男だ。

男は碧人を見つけると、慌てて駆けつけて、自分の肩の上にひょいと乗せた。酷い。俺は荷物じゃない。これじゃただの拉致だ。男は有無を言わさずドームへ戻ろうとする。

「くそっ、放せよ」

「ヨカッタ、ミツケタ！」

「だから放せって。自分で歩けるから」

男の肩の上でジタバタしてみるものの、なんの効果もない。

「俺は大人なんだって！　よちよち迷い出たわけじゃないから」

「ソトハアブナイ」

「おまえの方が危ないから」

「アア……ブジデヨカッタ。シンパイシタ……シンパイ……」

男は走りながら何か呟いている。その声に、安堵と内省を繰り返している雰囲気があった。

「なんだよ……もう」

「ベイビィチャンガ、ケガヲシタラ、ワタシノ、シンゾウガトマル」

「大丈夫。止まったら俺が助けるから。一応、獣医だしな」

「ヤッパリ、ソトニハダサナイ。ベイビィチャンハ、オレノモノダ。オレダケノモノ……」

突然の低い声。

その独占欲剝き出しの台詞(せりふ)に絶句する。

——なんかちょっと、サイコパスみがあるよな……。

動物の熊は手に入れた獲物に執着する習性があるが、この男もそうなのだろうか。

特にヒグマは自らの所有物に対する執着心が強く、捕らえた獲物の一部を地中に埋めて取っておき、それを奪う者が現れたらとことん攻撃して奪い返す。その執念は他の動物と一線を画す。

——まあ、今のところ埋められてないから、食料とは思われてないだろうが。

多分、だけど……。

男の肩の上で溜息をついている間にドームへ着く。

男は碧人をベッドに寝かせると、ふぅと息を吐いた。これでもう大丈夫だという顔をしている。子猫をケージに戻し終えた時の母猫の顔だった。

「ヒトリデボウケン、イケマセン！」

「だから俺は──」

「ベイビィチャンノ、オウチハ、ココデス」

「俺はベイビィちゃんじゃ……ああ、もう……」

碧人は諦めてベッドの上で大の字になる。頭を左右に振った。

「あー、言葉が通じない。なんでだー」

「ツマラナイ？」

ふわぁとあくびが出る。

すると男が碧人の上着を捲ってお腹に口をつけ、ブーッとやってきた。

「こら、やめろって！」

「カワイイネ」

ブーッを繰り返す。くすぐったくてたまらない。

──なんだよ、全く。

心の中で悪態をつきつつ、男の笑顔が可愛くてなんとも言えない気持ちになる。

「これは赤ちゃんにするやつだろ？　……って、だからやめろって！」

「ソレ、カワイイ」

男の鼻の下がリアルに伸びる。碧人が可愛くて仕方がないようだ。

——楽しそうだな、おい。

男は飽きずに何度もやってくる。しばらくの間、自由にさせた。

「ああ……マジでこれから、どうしよっかな。あのコロニーに通って言葉の勉強でもするか」

「ベイビィチャン？」

「メーリア、優しそうだったしな」

「メーリア？　ナゼカノジョノ名前をシッテル？」

「お、名前。俺も分かるぞ。今日、メーリアに訊いたからな」

男は不思議そうに首を捻っている。

「ワタシノ名前は、コンラートダ」

「え？」

「コンラート様ってあんたのこと？」

「ソウダ」

「俺は碧人、芹澤碧人。アオトって呼んでくれ」

「アオト……アオト……」

男は碧人の名前を練習するみたいに何度か繰り返した。

――それにしても……。

セトもメーリアも、コンラートに対しては一目を置いているようだった。

名前に様をつけて呼び、メーリアはコンラートから何か話を聞いているとも言っていた。

どういうことだろう。

この男があのコロニー――子竜保護区の管理者なのだろうか。そういえば、セトもそんなことを言っていた。

――分からない。

本当に何もかも、分からないことだらけだ。

けれど、一つだけ確かなことがあった。

元の世界に帰れないのなら、ここで生きていくしかない。そして、この世界で生きていくのなら、ここで役に立つ人間にならなければいけない。忌み嫌われる彷徨い族として、ただ緩慢に死を待つことだけはしたくなかった。

なぜこうなったのかは分からないが、それでも、生きる理由は自分自身で見つけるべきだ。誰かに頼ったり、この状況を誰かのせいにしてはいけない。

どんな場所に置かれていても、自分が手にしているものに光を当てて生きる。

それを教えてくれたのは亡くなった祖母だった。

――ばあちゃん……。

ふと祖母のことを思い出す。なんとなく込み上げてくるものがあった。

独り言のように男に話しかけてみる。

「……ホントに、なんだろうな。まあいいか。俺の言ってることは分からないかもしれないが、とりあえず聞いてくれ」

男は、おや？　という顔をしている。

「あんたにも家族がいるだろ？　親や兄弟や、じいちゃんばあちゃんとか、色々……」

「……ニアス……リュ――」

男が何か口ごもったが、碧人はそのまま続けた。

「俺は子どもの頃、持病があって……そのせいで苦い薬を飲まなくちゃいけないことがあったんだ。俺はその薬を飲むのが嫌で、世話をしてくれてるばあちゃんに向かって、何があっても絶対に飲まないと我儘(わがまま)を言った。そしたらばあちゃんがどうしたら飲むかって訊いてきて、俺は、その当時流行(はや)っていたゲームを買ってくれたら飲むって、そう言ったんだ」

コンラートは静かに碧人の話を聞いている。

今でも憶えている。

あれは——寒い冬の夜だ。

碧人は半ば冗談で、祖母に甘える気持ちもあって、そんなことを言った。けれど、それを聞いた祖母は毛布で包んだ碧人を背負うと、その上に防寒着を羽織り、財布をポケットに入れて屋敷の外へ飛び出した。自分はマフラーも手袋も何もせずに。その時、祖母はすでに還暦を越えていた。

碧人は慌てて祖母を止めた。冬の夜に飛び出すなんて自殺行為だ。二人がいるのは山の中にある一軒家で、今飛び出したところでおもちゃ屋でゲームが買えるかどうかも分からない。けれど、祖母は本気だった。

碧人は祖母の深い愛情を知り、その日から祖母を困らせるようなことをしてはいけないと思ったのだ。

「なんか似てたんだよな……」

「………」

「さっき、あんたが俺を抱き上げて走ってる時……子どもの俺を背負って、寒い冬の夜に飛び出したばあちゃんのこと、思い出した。なんでだろうな……」

話の内容は分からなかっただろう。

コンラートは一度、部屋の奥に姿を消すと、また戻ってきた。手に何か持っている。

ペンダントだろうか？

革紐の先にギターのピックのような形をしたペンダントトップがついている。平べったいガラス細工に見えるが、目を凝らすと竜の鱗のようにも見えた。

「アオト」

「……え？」

コンラートが碧人の首にかけてくれる。上からトントンと押さえて、碧人の目をじっと見た。

「これ……くれるの？　俺に？」

コンラートが頷く。

手に取って光に翳すとキラキラと光った。

透き通るような瑠璃色が男の瞳と似ている。手の中に小さな宇宙があるみたいだ。

「綺麗だ……」

「コレハ、アカシダ」

「なんか分からないけど、ありがとう。大切にする」

碧人がそう言うと、コンラートは碧人の体をぎゅっと抱き締めた。

いつもなら抵抗するところだったが、その日はコンラートのしたいようにさせた。

4

碧人がこの世界に来て一ヶ月――。

カレンダーなどの明確な日付の概念がないため、正確なところは分からなかったが、碧人はこの生活に少しずつ馴染み始めていた。言葉も徐々に覚え、コンラートと簡単な会話ができるようになった。

「だから、赤ちゃんじゃないって」

「アオトはワタシの、ベイビィちゃんだ」

「そのナチュラルなベイビィちゃん呼びやめろよ。恋人かよ」

「アオトはカワイイからソレデいい」

コンラートは相変わらず碧人の面倒を一から十まで見ようとする。碧人が竜人とは別の生き物で、妖精の赤ちゃんではないと認識できたようだが、その溺愛っぷりは変わらなかった。本音を言えば、コンラートが本当に理解しているかどうか、碧人には確かめようがなかった。

「ほら、仕事だろ。何してるか知らないけど」

「イッテキマス」

「俺は今日、コロニーへ行くから。子竜たちと約束があるし」

「…………」

途端にムスッとする。カッコいい顔が台無しだ。鏡を見てみろと言いたくなる。

「アオトはコリュウばかりカワイがる」

「そんなことないって。だいたい、子竜保護区を管理してるのはコンラートなんだろ。違うのか？」

「ウウム」

碧人はコミュニケーションが取れるようになってから、自分が人間の世界から来たこと、そこで獣医師として働いていたことを、何度も伝えた。

そして生活の面倒を見てもらう代わりに、コロニーでの仕事を手伝わせてくれないかと頼み込んだ。コンラートが碧人の真意を理解できたかどうか分からなかったが、熱意は伝わったようで、昼間に限ってコロニーへ行くことを渋々許可してくれた。

——けど……ホントに渋々なんだよな……。

コンラートはとにかく独占欲の強い男で、時間の許す限り碧人といたいらしい。二人でいられない間はこのドームに閉じ込めておきたいようで、その執着心は雄のヒグマ並みだった。

そのせいで、ここのところ碧人とコンラートとの攻防が続いている。

出たい男と出したくない男だ。

碧人は適当に相槌(あいづち)を打って「今日はドームにいる」と答え、コンラートが建屋を出た後、日中は保護区で過ごすことが多かった。子竜保護区の中には様々な施設がある。保育所や病院の役目を果たしているのが例のコロニーで、他に交流専用のカフェと生態研究所が併設されていた。

コンラートは保護区全体の管理者のはずだが、施設のどこにも姿を現したことはない。

一体、どういうことなのだろう。

セトやメルに訊いても要領を得ず、メーリアに尋ねても「詳しいことは……」とはぐらかされてしまう。彷徨い族の碧人には秘密にしておかなければいけないことがあるのだろうか。考えても分からなかった。

「アオトはガンバリやさんだからシンパイだ」

「ガンバリや……うーん。俺の言語変換機能がポンコツなのかもだけど、その話し方、やっぱり気になるな」

「すごく、カワイイし」

付け足すように呟いたコンラートの顔は溶けそうな笑顔だ。整った目が糸のように細くなる。

「やっぱり俺の……この、のっぺりした顔が珍しいのか。確かにコンラートは彫りが深いもんな」

碧人はコンラートの跳ねた前髪が気になって、背伸びしながらそれを耳にかけてやった。

――ああ、綺麗だ……。

長い髪は光を織り込んだ絹糸のように輝いている。それが風にそよぐ姿は宗教画のように神々しく、ふと見せる横顔は男の碧人でも息を呑むほど美しかった。

日常の風景さえ静謐（せいひつ）なイコン画のようだ。

額の鱗模様に目が留まる。

最初はドキリとした肌の模様が、今ではうっとりするほど魅力的に見える。興奮すると色が濃くなり、体温や心の状態で模様が変化することも分かった。

――なんか、葉脈が光ってるみたいなんだよな……。

不思議だ。自分とは違う生物としての美しさに見惚（みと）れてしまう。

「って、もう時間だろ？」

「…………」

まだ離れたくないとその目が語っている。碧人は一歩踏み出してコンラートの出発を促した。そうしないといつまで経ってもコンラートが出ないからだ。

「ほら。気をつけて」

「クラクナルまえに、かえってクルンダヨ」

「大丈夫、分かってるから」

「モリのソトに、でてはイケマセン」

「分かってるって、もう」

碧人の言葉にまた黙り込む。

「ほら」

「イッテキマス……」

コンラートは碧人の頭を一撫でずると、名残惜しそうにドームを出た。

ドームの中でコンラートが用意してくれたローブ——着ぐるみパジャマのような服に着替える。これで彷徨い族らしさが隠れる？　らしい。効果のほどはよく分からないが、遠くから見たら青灰色の竜人に見えるのだろう。

——鏡で見たらただのドブネズミだが……。

建屋を出て、コロニーまでの小道を歩く。綺麗な羽をした鳥が高らかに鳴いていた。

「……マレビトサマ、コンニチハ」

「ん？　ああ、こんにちは」

鳥が挨拶するように碧人の肩に止まって、すぐに飛び立つ。太陽の光を羽に受けながら、やがて小さい点になり、見えなくなった。

この世界に来て分かったことが幾つかあった。

本や図鑑を見て学んだことと、それをもとにメーリアやその他の保育官から聞いた話だ。

碧人が今いるのは、自然豊かで四季があり、肥沃（ひよく）な土地と森に囲まれたアルーシュ王国と呼ばれるところだ。アルーシュ王国は飛竜が統治している国で、周辺二国のグバテル――火竜が統治している砂漠地帯と、コノティア――氷竜が統治している氷山地帯に囲まれている。そして、その周辺二国と百年以上続く戦争をしていた。アルーシュ王国は周辺二国に比べて格段に気候が良く、自然も資源も豊かなため、土地や水脈の権利を巡って争いが絶えないという。

どこも変わらないんだなと思う。

碧人がいた世界も同じような理由で戦争が行われていた。

子竜を見ている限り、牧歌的で他の種族と争うような生き物には思えないが、それぞれに政治的思惑や歴史的背景――つまり、相容（あいい）れない正義やイデオロギーがあるのだろう。

生きている限り仕方のないことかもしれない。いつだって正義の反対は〝悪〟ではなく〝もう一つの正義〟だ。

三国とも君主制の国家で、国王を元首とする翼竜の国のため、宗教や文化の違いはそれほどないようだが、君主が絶対的な力を持つ権威主義体制のため周辺国と宥和（ゆうわ）政策を取ることが難しいようだ。

いつの国、時代であっても独裁主義は孤立と軋轢しか生み出さない。竜はやはり、孤高の生き物なのだろうか。

そんな気もするが、よく分からない。碧人が知っている竜は全て空想上の生き物で、この国にいる竜の生態とは異なるからだ。

しばらく思案しながら歩く。コロニーへ着くと、入り口にガレスとキュクロが立っていた。門番のような姿の二人が碧人に向かって恭しく敬礼する。

初めての時とは大違いだ。こちらを襲う気配もなく、碧人を中へ迎え入れてくれる。

「にいたん！」

「にいたん、だっこして」

「ぼくも、だっこ」

「だっこ、だっこ！」

碧人が中へ入ると、子竜たちが次々と碧人の足元へやってきた。碧人の腕を求めてぎゅうぎゅうと詰め寄ってくる。

「おお、順番だぞ。押したら駄目だ、危ない」

子竜団子の中からセトをはじめ、メルやネネ、その他の子竜を順に抱き上げる。腕のあちこちがふよふよすべすべして忙しい。それぞれが納得するまで抱いて、頭をよしよしと撫でた後、コロニーの奥にいるメーリアに近づいた。

「おはようございます、お疲れ様です」

「アオト様、おはようございます」

メーリアは碧人に気づくとニッコリと微笑んでくれた。今日もピンクのエプロンと頭のリボンが似合っている。

「俺に様とかつけなくていいから」

「でも――」

メーリアは少しだけ困惑するような表情を見せた。碧人はそれが不思議だった。

碧人はメーリアと協力しながら、コロニーにいる子竜全ての健康チェックを済ませた。体調や病気の有無はもちろん、怪我や虫歯、心の状態もチェックする。爪の伸び具合を点検し、生えたての翼に滑石粉（タルカムパウダー）をはたいて朝のルーティーンを終えた。今日、新しく入ってくる子竜はいないようだ。

そのまま建屋の隣にあるカフェに向かった。

石造りの建物の入り口に白い看板が立っている。

ラディヤ・ミエリと書かれたそれは〝新しい家族〟という意味だ。

カフェというと、飲み物と一緒に軽食やスイーツを楽しめるお店のイメージだが、保護区にあるのはそれと少し違う。コロニーにいる子竜は基本的に親のいない子や、事情があって親から離れた子たちだ。その保護されている子竜が大人の竜と関わる術を学ぶ場所、そして、新しい里親を見つける場所が、この交流カフェ――ラディヤ・ミエリなのだ。

もちろん、里子に出るかどうかは子竜自身の意志で決められる。セトはコロニーの雰囲気を気に入っていて里子に出るつもりはないらしい。

――俺もセトやメルやネネとずっと一緒にいたいしな……。

子竜に対して日々、新たな愛情が湧いてくる。

手放したくないと思うのは碧人のエゴだったが、同じ時間を過ごしているうちに、子竜に対して本物の家族のような愛おしさを感じ始めていた。

「あ、いらっしゃいませ。どうぞ、こちらへ」

碧人は里親希望の竜人の夫婦をカフェの中へ招いた。気負わずに色々な子竜と触れ合ってもらう。里親になるまでには長い道のりがある。それをゆっくり見届けるのが碧人の仕事だ。

「自由に話しかけたり、撫でたり、抱っこしてあげてください」

「あ、はい」

全身をローブで覆っているが、碧人が竜人でないことは見たら分かる。けれど、その夫婦は碧人のことを特に拒絶しなかった。碧人が獣医兼カフェの店員であることは前もって伝えてある。

他にも子竜と触れ合うことが目的のお客さんがやってくる。碧人は薬草茶とラーシェと呼ばれるお菓子を出しつつ、子竜を夫婦の膝の上に乗せた。

「……まあ、可愛い」

女性が溜息を洩らす。子竜は女性の胸にぎゅっと抱きついた。

——いい感じだ。

生き物にとって体が直に触れ合う行為、それはとても大切なことだ。

人間は好きな相手と肌が触れ合うと、愛情ホルモンと呼ばれるオキシトシンが脳内に放出される。その特別なホルモンに満たされることで安心や幸福を感じ、免疫力がアップするのだ。これは人間に限ったことではない。

例えば、飼い犬は飼い主と見つめ合うだけでオキシトシンが出る。反対に飼い主の怒鳴り声や不機嫌な声を聞くと、聴覚野の活動が低下して免疫力が下がり、攻撃性を生み出すコルチゾールが増える。

ここにいる子竜たちにも同じことが言えた。

親のいない子竜は、常に撫でたり抱き締めたりしていないと病気になってしまう。放っておくと皮膚が乾燥し、多飲多食を繰り返して、手足の先が腐ってしまう子もいるほどだ。交流カフェは子竜たちにとって命を繋ぐ場所でもあった。

「ああ、可愛いわ……」

「そうだな」

夫婦は子竜を撫でながら楽しそうに話しかけている。子竜もそれに応(こた)えるように目を細め、キュウと鳴いた。

たとえ里親を見つけられなくても、こんなふうに大人の竜から可愛がられることが大切だ。

目を見て話しかけられて、撫でられ、可愛がられて、情緒が育っていく。

同時に大人の竜人にとっても子竜たちに癒されることで、心の安定を図れるメリットがある。獣医である碧人は交流カフェの存在意義を充分理解していた。

「楽しかった。また遊びに来てもいいかしら」

「もちろんです」

「雨の日もやってます？」

夫人が笑顔で尋ねてくる。碧人はそれに答えて、お土産(みやげ)に甘いお菓子を持たせた。アルーシュ王国で採れる穀物でできた焼菓子、ラーシェだ。

ラーシェはクッキーやビスケットに似た食感で甘くて美味しい。碧人が子竜たちと協力しながら、開店前に練り練り作っているお菓子だ。

二人を見送った後も、次々に客が現れ、その対応に追われた。カフェにいるとあっという間に時間が過ぎてしまう。

陽が傾き始めると、ガレスとキュクロが碧人を呼びに来た。いつも約束ぴったりの来訪で、どうやら、時間通りに帰るようにとコンラートから頼まれているらしい。

「時間だ」

二人が赤い目を光らせる。碧人は溜息をつきつつ、二人に尋ねた。

「——え、もう？」

「そうだ。早くしろ」

「なんでそんなに、コンラートの言うことを律儀に守るんだ？」

二人は答えない。当たり前だという顔をしている。

「コンラートって本当は何者なの？　あんたたちと見た目は違うし、言葉は半分しか通じないし。一応、言葉の勉強はしてるけど……」

「様をつけろ」

ガレスが鋭く言う。

「俺を攫った飛竜はどこにいる？　二人は竜人(ドラゴニュート)なんだよな。もしかしてドラゴンになれたりもする？」

「……空を飛ぶ翼竜にはなれるが、おまえが知っている飛竜とは違う」

「そうなんだ」

この国へ来て以来、あの青い飛竜以外の竜が空を飛んでいるところを見たことがなかった。攫われて恐ろしい思いをしたが、よくよく考えてみると美しい生き物だった。

「あの飛竜に乗ってこの街を上から見てみたいな……」

碧人がそう言うと、ガレスが突然、赤い目を剝いた。肩を怒らせながら身を乗り出してくる。

「天飛竜（グエル）に乗りたいとは、この身のほど知らずが！　やはり、おまえは彷徨い族の害虫に違いない！　この俺が制裁を加えてやる！」

「ガレス、やめろ。この男に手を出すな」

「だが――」

「胸を見てみろ。証（あかし）を持ってる」

キュクロの言葉を聞いたガレスが碧人の胸を見た。すると、急に勢いがなくなった。どうしたのだろう。コンラートからもらったペンダントのことだろうか。

「証ってこれのこと？」

手に取ってひらひらさせると、二人は押し黙った。構わず続ける。

「コンラートって保護区の管理者なんだろ？　どうしてここへ来ない。他に仕事をしてるのか？」

「…………」

「俺がここから出たらいけない理由はなんだ。勝手に出たらどうなる？」

二人は目配せすると、申し合わせたように口を引き結んだ。その様子をメーリアとセトが不安そうな顔で見ている。セトがエントランスからぴょんぴょんと近づいてきた。

「にいたん、ぐえるにのりたいの？」

「ああ、乗ってみたい。この世界のことを、もっともっと知りたいんだ」

「ぼくものりたい。のって、にいたんといっしょに、ゆわゆわしたい」

セトの表現にメーリアが吹き出した。

セトは両手を挙げて風に揺られるような仕草をしている。可愛い。

「俺が知っているのは、ドームとコロニーとカフェの中だけだ。もっと違う景色を見たい」

子竜のためにも、コンラートのためにも――。

碧人の気持ちを知ってか知らずか、ガレスとキュクロは無言を決め込んでいる。

セトは碧人の足元へ近づくと、碧人の目をじっと見上げた。

「ぼくがおきくなったら、にいたんをのせてあげるね」

「セトが？」

「うん。やくそくだよ」

「約束……」

「にいたんを、ゆわゆわしてあげる」

そう言ってセトはふにゃっと笑った。

「――ん？　なんかこれ面白そうだな」

「ドレ？」

ドームへ戻って、コンラートが持ってきた絵本をのんびり漁っていると、不意に後ろから抱き上げられた。

「あっ……ちょ、こら――！」

「オイデ」

「……の前にもう、つかんでるだろ？」

「フフ。キョウはこれを読んでアゲマショウね」

いつものように有無を言わさず、コンラートの膝の上へ後ろを向く形で座らされる。

コンラートは本を開くとおもむろに読み始めた。何やら二匹の竜がエロティックに絡み合っている。

「え？　なにこれ。エロ本？」

「チガイマス」

読み進めると雄同士の竜が子育てをするアットホームな話だった。

碧人がいた世界でも同じような絵本があった。雄同士のペンギンが育児放棄された卵を温めて羽化させるという、実話をもとに作られた作品だ。

　事実、動物界で同性同士の性行動はそれほど珍しいものではない。有名なところだと、ボノボやアフリカゾウ、アメリカバイソンやキリンなどで、これらの種は雄同士で交尾することが知られている。疑似も含め、友愛やマウンティングなど、性行為とは別の意味合いを持つことも多い。

　この絵本はそれとは少し違い、竜同士の恋愛を描いたものだ。

　どうやら竜は一人の相手を生涯大切にし、性別や種族関係なく、番になって家族を持つようだ。雄同士の場合、雌から卵を提供してもらい、自らの腹部にある育児嚢（いくじのう）と呼ばれる袋の中で子どもを育てるらしい。

　ちょうどタツノオトシゴの妊娠形態に似ている。タツノオトシゴは雄が体内で受精卵を育てて、そのまま雄が稚魚を産卵するのだ。

「うーん。なんか難しいけど、やっぱり子竜は可愛いな……抱き締めたくなる」

　碧人が絵本を見ながら溜息交じりで言うと、コンラートが笑った。

「アオトもこんなにカワイイのに？」

「なんで。俺は子竜みたいな見た目じゃないだろ？」

「アオトはカワイイ。顔がタイラでチイさくて、目がツブラで色がシロクテ、セカイで一番カワイイ」

「はあ……」

コンラートにとって人間とはどんな存在なのだろう。どんなふうに見えて、どんなふうに感じ、どんなふうに接したいと思うのか、それさえも分からない。

「ンー、幸せ」

コンラートが後ろから腕を回して抱き締めてくる。体格差がありすぎて自分の体が見えなくなりそうだ。

――あ……この匂い。

背後から深い森の香りがした。

不思議だ。

元いた世界ではもちろん、子竜やメーリアからそんな匂いを他人から感じたことはない。

――なんの匂いなんだろう。

深く吸い込みたくなるような、けれど、少しだけ切なくなるような……胸が詰まるような湿った緑の匂いがするのだ。

郷愁だろうか。

何かとても懐かしいものに触れた気がするが、それがなんなのかは分からない。

「ツギは？」

「ん？」

「マダ読む?」

「うーん。どうしようかな……」

碧人が読んでと言えば、コンラートは朝まででも読んでくれるだろう。優しい男だ。

だからこそ、我儘が言いたくなり、考えて何も言えなくなる。

「どうする、モウ寝る?」

「んー、そうだな。コンラートは?」

訊かなくても分かる。まだ眠りたくないのだ。

ランプの点いたドームの中で心地のいい時間が過ぎる。

何をするでもなく、コンラートの膝の上で会話を続けた。

しばらくするとコンラートに促されて膝の上に頭を置く形になった。

——ああ、なんか落ち着くな……。

二人の姿がほんのりランプに照らされて、石造りの壁に美しい陰影ができる。大きな影は今読んだ絵本の世界のように幻想的だった。

何気なく手を伸ばして、コンラートの真っ直ぐな髪をひと房だけ握ってみる。それはふわりと柔らかく碧人の手に馴染んだ。

反対にコンラートから指の背で額を撫でられる。

碧人がくすぐったくて笑うと、久しぶりに「グゥ」というコンラートの笑い声が聞こえた。

それから数日後、夕食の片付けを終えてのんびりしていると、コンラートが散歩に誘ってくれた。

日頃から夜は必ずドームにいるようにと注意されていた碧人はその誘いに驚いた。外には魔物がいるとしつこく何度も言われ——もちろんそれはコンラートらしい比喩(ひゆ)表現だと分かっていたが——夜に散歩できるとは思ってもみなかったからだ。

「なんで誘ってくれたの？」

「……アオトが街をミタイと思って」

「確かに、ずっと見たかったけど」

そういえば、少し前にガレスとキュクロにも同じことを言った。ここでの生活に慣れてきたこともあり、碧人はこの国のことをもっと知りたいと思うようになっていた。

今のところ、アルーシュ王国は飛竜が統治している王国で、翼竜や竜人が街で生活しており、農業や林業、そして地下資源を利用した鉱業が盛んな土地であることしか知らない。それも図鑑を読んだり、メーリアから聞いて学んだことで、街も民もまだ見たことがなかった。

「アオト」

「ん？」

歩いている碧人に向かって、コンラートがそっと手を伸ばしてくる。そのままぎゅっと握られて仄暗(ほのぐら)い夜の小道を並んで歩いた。

森の中は昼間と違い、月明かりが斜めに差してとても綺麗だ。薄明かりの中、フクロウがホウホウと鳴いている。

「アオトはモトノ世界にカエリタイ？」

急に尋ねられて困惑する。自分の本音はどうなのだろう。

――よく分からない……。

碧人は異世界転生――つまり死んで異世界で生まれ変わったわけではなく、異世界転移(トリップ)の状態で元の姿形のままこちらの世界へ来たようだ。転移状態である以上、元の世界には戻れる。理論上、元の世界線では姿をくらました状態なのだろう。

けれど、いつの間にか帰りたいと思う気持ちよりも、この世界に馴染みたいと思う気持ちの方が大きくなっていた。もちろん、帰れないことを前提に出した答えではあったが。

「帰りたいかどうかは、よく分からない。……でも、この世界で自分のやりたいことが少しはできてる気がするんだ」

「やりたいコト？」

「うん。前は思うように仕事ができなかったから。自分の能力も上手く使えてなかったし」

細かい部分は伝わらないだろうと思う。けれど、そのまま言葉を繋いだ。

「コンラートは親のいない子竜たちのために、あそこを作ったんだろ？　その気持ち、よく分かる。愛されない子竜は簡単に病気になって死んでしまうから……」

「……………」

「誰からも愛されず、死んでしまうなんて、本当に可哀相だ」

どんな生き物も、誰かに愛されるために生まれてくる。生殖行為だけではない、命を繋ぐ、そして受け継ぐということは、生命の尊さを知って、それを守り育てることだ。

全ての命は平等に尊ばれるべきで、だからこそ碧人は、言葉が話せない動物の生命を守る獣医師になったのだ。

――命は……大事だ。

この世で命より大切なものはない。

親を亡くしたからこそ分かる、全ての命を平等に大切にしたいという思いが、碧人の心の根底にあった。

そして、親や兄弟から見放された子竜も、愛され大切にされる権利があり、碧人はできることならそれを自分の手で行いたいと思うようになっていた。

「俺は獣医だけど、それ以上に、あの子たちを助けられる養護者（ケアギバー）になりたい。なんかそれが、俺がここに来た意味のような気がするんだ」

「ココにキタ、意味……」

コンラートが考え込むような仕草をした。呟くように言葉を繋ぐ。

「ワタシはアオトをトジコメテイル。独占……シテイル。ワタシの、隠れ家に……ズット。デモ、必要なコトダ。……トをマモルために」

自問自答しているのだろうか。

コンラートの言葉に自責の念が混じっている気がした。

「大丈夫。支配されてるとか、征服されてるとか、そんなことは思ってないから。コンラートは誰よりも優しい。それは分かってる」

「アオト……」

コンラートの正体はよく分からないが、彷徨い族である碧人を助け、親のいない子竜を保護し、それを事業に拡大しようと奮闘しているのは知っている。考えてみればカフェの運営だけでも大変なことだ。収益を見ても社会貢献や慈善活動の側面が強いことが分かる。信念がなければできないことだ。

コンラートは碧人が寝た後、ドームにある祭壇で毎晩祈りを捧げていた。月明かりを浴びる後ろ姿は神々しく、時が止まったような美しい背中に真摯（しんし）な思いが潜んでいた。

そして、その祈りの日課には何か深い理由があると、碧人は薄々勘づいていた。

「あとモウ少しダ」

コンラートが優しく手を引いてくれる。

碧人の歩く歩幅に合わせてくれているのが分かるスピードだった。

「ツイタ」

「え？」

そう言われて視線を上げる。

景色を見て驚いた。

高台の下に雲海のような分厚い光の層が広がっていた。意志を持った巨大な生き物がお腹に光を抱え込んでいるような、圧倒的な生の息吹を感じる。街や人の営みがそのまま光となって薄ぼんやりと宙に浮かんでいるようだ。

「綺麗だ……」

言葉とともに溜息が洩れた。

――本当に……王国なんだ。

竜が生きて生活している、そして、美しい街がある。皆が昔の碧人と同じように当たり前の世界を生きていた。

元の生活を思い出して、なんとなく感傷的な気分になる。自分も本当はあの光の一粒だったのにと、誤魔化しきれない空虚さが心の底を掠めた。

そんな碧人を元気づけるかのように、コンラートが碧人の名前を呼んだ。

「アオト」

「ん……」

背後から抱き締められる。得意のバックハグだ。大きな体が丈夫な毛布みたいに覆いかぶさってくる。

――ああ、あったかいな。

なんだかホッとする。

一見、体温が低そうに見えるコンラートが、心も体も温かいことに最近気づいた。その心の内に秘めている思いも信念も、とても優しくて温かい。

そのまま目を閉じると、コンラートがくれたモビールが思い浮かんだ。

コンラートはベッドの下にある道具を使って、保護区にいる子竜たちのために、こっそり玩具を作っていた。メーリアによると、竜はキラキラしたものや綺麗なものが大好きらしい。

今も星と夜景がキラキラと夢のように美しい。これを碧人に見せたかったのだろうか。

「……けれど、ワタシは――」

突然、コンラートが言葉を詰まらせた。どうしたのだろう。

「カエシタクナイ」

「え？」

「アオトとずっと一緒にイタイ。ハナシタクナイ」

「アオトはワタシが見つけた。タイセツなタカラモノだから」

「コンラート……」

「ワタシの半身ダ」

宝物で半身、つまり伴侶と言いたいのだろうか。

よく分からない。

けれど、その言葉はすっと碧人の心に入った。

「コンラートってさ、寂しがり屋なの？」

コンラートは答えない。

確かにそうだろう。

この世の中に寂しくない人間なんているのだろうか。

碧人も強がってはいたが孤独だった。

考えてみれば、祖母が亡くなってからずっと天涯孤独の身だったのだ。

ただ、それがあまりにも当たり前すぎて寂しいとは思わなかった。いや、思う余裕さえなかったのかもしれない。感情的な寂しさを覚えるより前に、物理的な寂しさの方がずっと大きかったからだ。

――コンラートはどうなんだろう。

生物にとって物理的に孤独であることが生命の危機に直結していた時代は、群れを作り、外敵から身を守り、生き延びるために孤独を恐れる感情が必要だった。

この世界ではどうなのだろう。

やはり太古から変わらず、孤独は恐ろしいままなのだろうか。

「アオト……」

碧人を抱く腕に力を込めてくる。背後から確かめるみたいに頬ずりをして、碧人の髪を優しく撫でた。温かく大きな手が幾度となく碧人の頭の縁を滑る。

――ああ、優しい手だ。

獣医だから分かる。コンラートはいつも優しい手をしている。

碧人が赤ちゃんではないと分かった今も、碧人を溺愛し、毎日抱き締めてくる。

毎朝、毎晩、碧人の頭を撫でた後、体全体を慈しむように包み込んでくる。時には苦しいほどだ。

膝に乗せて話したり、絵本を読んだりもしてくれる。一見、奇異に映るそのやり取りもコンラートにとっては当たり前の行為なのだ。

保護区の子竜と同じように、碧人が誰かに毎日触れられていないと死んでしまうと思っているのだろう。碧人が病気にならないように一生懸命守ってくれているのだ。

コンラートの溺愛の真意、そして触れ合いの意味を、子竜たちに出会って初めて知った。

その優しさの意味も――。

「あのさ……」

言って、口をつぐむ。

自分は人間だから抱き締めたり可愛がったりしなくても死ぬことはない。病気にもならない。独りでも、孤独でも、生きていける生き物だから――。

そう言おうと思ったが、なぜか言えなかった。

――俺も寂しいのかもしれない……。

言ってしまったら、もうコンラートが自分に触れてこなくなるかもしれない。髪を撫でられたり、頬ずりをされたり、抱き締められたりの、この幸せな日々を失くしてしまうかもしれない。

なぜだろう。

そう考えただけで心臓がひゅっと縮んだ。

「街、ミエタ？」

「うん」

「ヨカッタ」

「……なんか、ありがとう」

会話が途切れても、コンラートがこの景色を見せようと思った優しさだけはきちんと伝わってきた。

空は暗い。夜の闇にほんの少しだけ欠けた白い月が浮かんでいる。

街の明かりとの対比が美しく、ずっと幻想を見ているようだった。

5

「にいたん、いしょに、ねりねりしよ」

朝、カフェに向かうとセトが話しかけてきた。ラーシェを一緒に作ろうと誘ってくる。

碧人はいいぞと答え、二人で協力しながら粉を挽(ひ)いてラーシェを焼いた。

アルーシュ王国の燃料は主に薪(まき)と重油で、ガスや電気は通っていない。井戸とオイルランプと馬車が生活インフラの主で、ちょうど十九世紀のヨーロッパの生活様式に似ていた。

そして料理のほとんどを薪で熱した窯(かま)で行うため、焼菓子やパン、肉料理や煮込み料理が驚くほど美味しい。ラーシェをはじめ、シナモンのかかった焼きリンゴやザラメが香ばしい固焼きプリンはカフェの定番メニューでもあった。

丸めた生地を石窯でじっくり焼き上げた後、テーブルの上で冷ます。

待っている間にセトから外へ行こうと誘われた。碧人の服の裾を両手で引っ張ってくる。

「やぱり、こんらとさまがすきな、きのみをとりにいきたい」

「木の実?」

「おいわいだから」

なんだろう。意図がよく分からない。

「らあしぇに、いれてやいて、どうぞするの」

「コンラートのためにか？」

「うん」

「その実はどこにあるんだ？」

「もりのちかく」

「ここから近いのか？」

「うん」

セトは碧人と話しながら何かを探している。すぐに見つけて持ってきた。蔓（つる）で編んだバスケットのようだ。

「いしょにいこ？」

「今からか？」

「うん。すぐ、かえてくるから」

「あまり遠くには行けないぞ」

「わかてる」

碧人が了承するとセトがふにゃりと笑った。

メーリアに許可を取り、森の外へは出ない約束をして二人で出かけた。

メルやネネも連れていこうと思ったが、それは止められてしまった。カフェに出ているのはセトと同じ黄緑色の子竜だけで、橙色の火竜や紫色の氷竜はそもそも数がいない。火を吹いたり毒を持っていたりするので気軽に外へ出せないのだろうか。

「みんなも出れるといいのにな」

「めるたんやねねたんも？」

「そうだ」

「うん。いしょに、おそとであしょびたい」

セトがぴょんぴょんと跳ねながら小道を進む。短い手の下でバスケットが楽しげに揺れていた。その後ろをついていく。

――可愛いな……。

気がつけばこの世界に馴染み、驚きの景色が日常になりつつある。

コロニーやカフェでの仕事にもずいぶん慣れた。幸せな日々に、昔の自分をうっかり忘れてしまいそうになる。いつの間にか、セトやコンラートと過ごす時間を楽しんでいる自分がいた。

毎日が忙しく充実している。今もコンラートが好きな木の実なら採ってやりたいとそう願っている。なんでもいい。男の喜ぶ顔が見たかった。

「にいたん、ここ」

　セトが止まる。小さな手が指す木を見上げた。

　上部の枝の先に緑色の実が成っている。大きめのブドウのように一つの房になってぶら下がっていた。

「ずいぶん上だなあ」

「にいたん、とどかない？」

「うーん」

「せとが、ゆわゆわさせる」

　セトはそう言うと、幹に向かってタックルした。顔は勇ましかったが、木はびくともしない。セトがくるっと回っただけだ。

「うう、おちり、いたい……」

「大丈夫か？」

　抱き上げて様子を見る。臀部を軽く打っただけで心配ないようだ。

「よし、俺がセトをおんぶして上まで登ろう。できるか？」

「わかた！　にいたんがのぼて、ぼくがとる」

「いいぞ」

　お互い目を合わせて頷いた。

声をかけながらゆっくりと木に登る。頂上まで行くと空が近くなった。

「いぱいある。しゅごいね」

「採れるか？」

「うん」

セトが手を伸ばし、引き抜いて下へ落とす。繰り返しているうちに地面が木の実でいっぱいになった。

「にいたんも、たべう？」

「そうだな。ラーシェに入れて食べてみよう」

どんな味がするのだろう。木の実は硬いナッツのように見えた。

しばらく続けているとセトがあっと声を上げた。何やら興奮している。

「しゅごい。ぐえるのおうさまだ！」

セトの声につられて枝の下に目を凝らすと、そこから街が見えた。

王都だろうか。

石畳の円形広場が覗いている。その中央に人が集まっているのが見えた。

ガレスとキュクロのような出で立ちをした竜人が広場の周囲をずらりと取り囲んでいる。

ほどなくして真ん中に大きな馬車が止まった。そこから人が出てくる。

「え？　あれって――」

「おうさま！　おうさま！」

セトが興奮している。

二足歩行の体格のいい人物が馬車から姿を見せる。続けて髪の青い、美しい人物が馬車の階段を降りてきた。

――コンラートだ。

碧人が息を呑んでいるとセトが声を上げた。

「こんらとさまもいる」

「あれが王様ってことは、コンラートは王子様なのか？」

「こんらとさまは、あるーしゅおうこくのほし。ぐえるのおうじさまなの」

「……はぁ、やっぱりな」

深い溜息がこぼれる。肩がずしりと重くなった。

薄々勘づいてはいたが、やはりそうかと思う。

血筋のよさそうな見た目に、艶やかで美しい衣装。竜人とは違う独特のオーラ。

終始、落ち着いた雰囲気で、どんな所作にも余裕がうかがえる。あれはやはり王族だけが持つ特別な品格だったのだ。

――ああ……。

コンラートの顔、特に横顔が好きだった。ふと見せる、遠くを眺めているような目は、静かな湖面を思わせるほど透き通り、自身の内面と真っ直ぐ対峙しているようだった。

だからか。

これまでのことに納得がいく。

いずれこの国を背負う王子が、国家に不利益を与える彷徨い族を秘密裏に匿っていると知れたらどうなるか。ほんの出来心だとしても許されるわけがない。隠匿行為そのものが国民に対する裏切りで、国家や王族に対しての反逆に当たるだろう。

だからこそ、コンラートは碧人の存在を隠し、ドームや保護区から出ないように繰り返し注意していたのだ。

独占欲ではなかった。

言葉にできない感情が込み上げてくる。無意識のうちに喉の奥がぐっと詰まった。

――だったら、俺なんか助けなくてもよかったのに……。

王子の立場を危うくしてまでも守るほどの価値は碧人にないはずだ。

――そうだよな？

どうして助けてくれたのだろう。

そして、今も守ってくれているのだろう。

コンラートにとって碧人を匿うことになんのメリットもないはずだ。大切にする意味も価値もない。考えても分からなかった。

「こんらとさま、しゅてき……」

セトが溜息交じりで呟いた。

笑顔で手を振る姿は、国民から慕われている王子そのものだ。

パレードのような荘厳な雰囲気の中、王とコンラートが広場の中央に敷かれた赤絨毯（あかじゅうたん）の上を歩く。女王や兄弟、他の王族たちの姿も見えた。皆、重厚な正装姿だ。傍には背筋を伸ばした竜人の衛兵が三列になって並んでいる。

アルーシュ王国の伝統行事——何かの式典なのだろうか。

馬車の腹には王家の紋章があり、向かい合わせになった飛竜の彫金が太陽の光を受けて輝いていた。軍旗を意味するエンブレムにも飛竜の絵が描かれている。碧人を攫ったのと同じ、青い飛竜だ。

国王が壇上で挨拶する。その雰囲気から王の誕生祝賀式典のようだと思った。

王が演説を終えると、ワーと歓声が上がった。

王様万歳、王様万歳、と声が聞こえる。透明な紙吹雪のようなものが周囲を舞った。

ふと空を仰ぐと青灰色の飛竜が六頭、場を盛り上げるように飛んでいた。

速いスピードの飛行にもかかわらずフォーメーションが保たれていて美しい。式典専用のアクロバット飛行チームみたいだ。

「ぼくも、りっぱなぐえるになりたい」

セトが溜息交じりで言った。

「おとしゃんとおかしゃん、いないけど……」

「セト……」

「でも、ぼくがんばる！」

セトは自分に言い聞かせるように呟いて、ぱっと笑顔になった。

「こんらとさまのために、もっときのみ、とる」

「まだやるか？」

「うん！」

セトの笑顔に碧人は自分の気持ちを切り替えた。

セトが碧人の背中に乗り直し、枝に向かって手を伸ばす。その手の先に取り分け大きな実が成っていた。つやつやしていてすごく美味しそうだ。

「よし、もう少しだ」

「にいたん、もうちょっと」

「いけるか？」

「うん。もうちょっと、もうちょ……あっ――！」

セトの手が木の実に届くかどうかという時、急に背中が軽くなった。

嫌な予感がして振り返る。

「セト?」

あっと思ったが遅かった。落ちていくセトと目が合う。セトは恐怖で固まっていた。

——くそ。

碧人は慌てて手を伸ばし、セトの体を抱え込んだ。小さな手足が枝で傷つかないように自分の体を使ってガードする。

後は真っ直ぐ落ちるしかなかった。目を閉じて、唇を嚙み締める。

受け身を取れたかどうかは分からない。

背中に衝撃を感じたのとほぼ同時に、意識を失った——。


暗闇の奥に父と母の後ろ姿が見えた。

碧人の両親は車の事故、それも海外の水難事故で亡くなっていた。

——アオト……。

声が聞こえる。

——アオト。

優しい声だ。

自分の名前を呼ぶ声。父親だろうか。

「……ビ……ト」

頭が痛い。返事をしようとしてできなかった。

——……ん？

目を開けると誰もいなかった。薄暗い天井とわずかに洩れている光で、そこがコロニーの休憩室であることが分かった。子竜たちの診察室代わりに使っている簡素な部屋だ。

隣の部屋から話し声が聞こえる。

ガレスとキュクロだろうか。

ベッドの上でしばらくぼんやりしていると、会話の内容が聞き取れるようになった。どうやら碧人の今後の処遇について話し合っているらしい。

——セトは……大丈夫だったのか……。

不安になったが、一緒に寝ていないことを考えると無事だったのかもしれない。安堵の胸を撫で下ろしつつ、ゆっくり体を起こすと、気になる会話が耳に入った。

「……であると、やはりコンラート様の立場が——」

「確かに……は隠せない。我々でできることがあれば、直ちに……を行うべきだ。判断が遅れればそれだけ大事になる。猶予はない」

「やはり、明るみに出る前に……を処分すべきだ」

よく分からないが二人の言葉から何かが切羽詰まっていることは分かった。

自分のことだろうか。

今回のこの事故で、彷徨い族を保護区に匿っていることがバレてしまったのかもしれない。

そもそもこの保護区がどんな場所であるのか、碧人も全てを把握しているわけではなかったが、アルーシュ王国の王子であるコンラートが管理している以上、特別な場所なのだろう。たとえそれが秘密裏に行われていたとしてもだ。

——俺はどうしたらいいんだ。

何が正解なのかは分からない。

けれど、はっきりしていることがあった。

——これ以上、コンラートに迷惑はかけられない。

碧人が保護区からいなくなれば全てが解決する。

何もかも元の状態に戻るだけだ。

碧人は二人の話し声が聞こえなくなるのを待って外へ出た。

コロニーから出た碧人は保護区の外に繋がっている通りに向かって歩いていた。

「……くっ」

木から落ちた時に足を挫いたのだろうか。

右足首に鈍い痛みを感じる。少し腫れているようだ。

外は暗く、カフェや研究所には明かりが点いていなかった。子竜たちはもう眠っている時間なのだろう。コロニーも明かりが落とされて静かだ。

ドームとは反対方向の道を行く。そうする目的が碧人にはあった。

「……あそこへ戻れば、多分——」

最初に目覚めた場所に行けば、自分の求めている答えが見つかる気がした。

元の世界に戻れる、あるいはそのヒントになる何かが見つかるかもしれない。

——絵本で読んだ泉……名前はなんだったか……。

あの神子のように、伝説の泉に入れば元の世界線に戻れるだろうか。

事故に遭った時、最後に体が水の中に沈む感覚がしたのは確かだ。そこにわずかな繋りを感じた。己の切なる願いがそう思わせているだけかもしれないが……。

足を引きずりながら森の奥へ進む。すると、前方に人の気配がした。

——ん？

鬱蒼と茂っている樹々の間に光るものがある。

なんだろうと思って目を凝らすと、猫の目のように鋭く瞬くものが見えた。そのまま四つの光がすっと動き、急に接近してきた。

「いい匂いがするな」

「へへっ、へへへ」

「ダスク、笑ってないで確かめろ」

「了解」

まずいと思うより前に、黒い影に詰め寄られた。足が速い。吐く息に獣の匂いがした。

――竜人か。

ふと見ると目の前に屈強な体軀をした男が二人、立っていた。

恐怖と緊張で全身の筋肉が硬直する。

「その見た目、彷徨い族か？」

「なんか変だなぁ、へへっ」

野良の竜人だろうか。目つきと所作に粗野なものを感じる。

二人はガレスとキュクロのような戦闘服を身に着けていなかった。下半身に腰蓑のようなものを纏っているだけで、ほとんど全裸の状態だ。その上、片手に鉈のような武器を持っている。

そのうちの一人が鉈を振り上げる気配を感じて、碧人は咄嗟に身を翻した。

――くそ。

身を返す勢いのまま、暗い隘路を全力で逃げる。

息が上がり、足がもつれて絡まったが、ひたすら前に向かって進んだ。

それなのに間隔を離せない。走れば走るほど窮地に陥る気がした。

怖い。

たまらなく怖い。

この世界に来て、初めて怖いと思った。

――殺されるかもしれない。

いや、もうすでに半分死んでいるようなものかもしれない。

背後の二人は碧人を仕留める喜びで興奮し、この追尾を楽しんでいる。

コンラートの忠告はやはり正しかったのだ。

死を感じた瞬間、自分がずっと守られていたことに気づいた。

――そうか。俺はやっぱり……。

守られていたんだ。王子であるコンラートに。

これまで一度もその庇護を感じたことはなかった。それくらい自然に、当たり前に、守られていた。

「逃げるなよぅ、へへ」

「おい、ダスク。だらだらせずに前に回れ！」

「へへっ、了解」

ふと前方に明かりが見えた。すぐさま絶望が希望に変わる。

あそこへ行けば助かるかもしれない。

そう思い、最後の力を振り絞って駆け抜けると、明かりの正体が分かった。

――え？　なんで……。

明かりに見えていたのは道が開けていたからで、逃げ場になりそうな家や建物ではなかった。

――くそ、これまでか。

目の前に見えている景色は断崖絶壁だった。

碧人は完全に逃げ場を失った。

「まんまと嵌まりやがった」

「へへへっ、捕まえて食っちまおうぜ。柔らかそうな肌をしてるな……グヘッ、へヘッ」

碧人は前進するのを諦めて、ゆっくりと振り返り、二人と対峙した。

竜人が笑いながらにじり寄ってくる。

なんとか二人の間を突き抜けられないかと模索するが、徐々に詰められて、後ろ向きで一歩、また一歩と後ずさる。

「こっちへ来い」

「へへっ、そのままだと落ちちゃうぜ、ほら」

気味の悪い話し方をする男が手を伸ばし、碧人の腕をつかもうとした。

その手をぎりぎりのところでよける。足元で小石が谷底に落ちる気配がした。

――まずい。

心臓が硬く収縮する。

竜人が鉈を振り上げた。

これ以上は無理だ。

碧人は覚悟を決めて後ろに一歩踏み出した。

体がふわりと宙に浮く。心臓が縮んで止まった。

すぐに強烈な墜落感に襲われる。

――ごめん、コンラート。セトやメルやネネ、メーリアもごめん……。

皆大好きだった。

優しかった。

毎日笑顔でいられたのは皆のおかげだ。

この世界に来て初めて、ありのままの自分でも輝ける、そんな場所があることを知った。

「ごめ……ん。ありがと」

目を閉じて落下に身を任せる。強烈なG(重力)がかかり、内臓がひっくり返ったようになる。

だが、それも一瞬のことで意識がすぐに遠のいた。

――ああ、俺……。

光が消え、視界が暗転する。

とうとうブラックアウトするという、その瞬間、どんっと背中に硬いものが当たった。

痛い、苦しい、熱い——。衝突のインパクトで肺が潰れ、呼吸が止まった。

苦痛に呻(うめ)きながらなんとか顔を上げると、そこが何かの巨大生物の上……飛竜の背中であることに気づいた。

——え？　嘘だろ。

空を飛ぶ、青く美しいドラゴンの背に自分の体が乗っている。

硬い鱗が月の光を反射して瑠璃色に輝いていた。

ゴウゴウと風を切る翼の音から、相当スピードが出ているのが分かる。

「私の背中につかまるんだ、碧人」

「……え？　なんで、俺の名前——」

「首の根元まで上がって、しっかりと両手でつかまれ」

低く艶(つや)のある声。神々しい姿と同じくらい透明で美しい声をしていた。

鱗の隙間から、ふわりと爽やかな緑の匂いがする。

森林の香り。コンラートと同じ匂いだ。

「あ……」

——ああ、やっぱり……そうだったのか。

最初に碧人を攫ったこの飛竜はやはり、コンラートだったのだ。

いや、攫ったんじゃない。助けてくれた。

――コンラートは最初から……。

それを悟った瞬間、胸に込み上げてくるものがあった。目の奥がじわりと熱くなる。

「大丈夫か？」

碧人が落ちないようにバランスを取りながら飛行してくれる。

それでも何度か滑り落ちそうになり、そのたびに碧人の体を翼の根元で受け止めてくれた。碧人は風圧に耐えながら、硬い鱗を辿って首元まで上がり、そこにしがみついた。

「ああ、やっぱり……コンラートなんだな……」

腕に力を込めて、もう一度、飛竜の首元に抱きついた。竜がグウゥと声を出す。

「碧人、駄目だ……」

「え？」

「そんなに体を押しつけないでくれ」

「体って？」

「この姿だと獣性が強くなる。だから我々、天飛竜は戦いの時以外は半人半獣の人型でいることが義務づけられているんだ」

「どういうこと？」

「いや、いい」

「けど、これだとコンラートの言葉が分かる」

「フッ、それは私が獣だからか」

「そうかも。……って、本当は、そんな話し方するんだ」

「嫌か？」

「別に……気にならないけど」

本音を言えばドキドキしている。

コンラートが風格のある飛竜で、なおかつ大人の男であることを想像させる、鷹揚(おうよう)な口調だったからだ。人型の時のたどたどしい話し方も可愛かったが、本当はこんなにも落ち着いていて頼りがいのある男だったのだと感動する。

飛竜の翼は地上と距離を取りながら王都の上空をゆっくりと旋回した。

光の粒を刷(は)いたような美しい夜景が眼下に広がっている。コンラートが大事にしているベッドの下の宝箱みたいだ。

「怖くないか？」

コンラートが何度も尋ねてくれる。碧人は返事をするように、首に抱きついた手に力を込めた。

「……信じられない」

「碧人？」

「何もかもが綺麗で……全部、夢みたいだ」

本当はずっと前に自分は死んでいて、都合のいい夢を見ているだけではないかと思った。

ここは、どう考えても天国だ。

何もかも、景色も自分の存在さえも、信じられない。

星空と街、目の前にある飛竜の鱗が眩いほど光り輝き、世界を超越したような美しさに心が揺さぶられる。感動で手のひらがジンと痺れた。

けれど、やはり夢ではない。現実だ。

翼が風を切る音や、冷たさ、湿った空気の匂いをはっきりと感じる。

――ああ、なんて美しい生き物なんだろう……。

コンラートは両手両足があり、その背に大きな翼を持つタイプの特別な飛竜だった。

鱗の一枚一枚が宝石のタンザナイトさながら青く輝き、触るとセラミックみたいに硬くひんやりとしている。それは長い年月をかけて深い森の地層で磨かれた純水のように透き通って見えた。

碧人はこれまでたくさんの生き物に触れてきたが、これほどまでに美しい生物を見たことがなかった。

「……ドラゴンに乗ってるのか、俺」

まだ信じられない。興奮と感動が入り交じって夜景が滲んで見える。膨らんだ胸が苦しくて息もできない。

けれど、本当はこうしてみたかった。飛竜の背中に乗って夜の街を眺めたかった。

――よく分からないけど……嬉しい……。

コンラートの優しさが嬉しかった。

飛竜の首の背にそっと頬を寄せる。コンラートの匂いを胸いっぱい嗅ぎながら、碧人はその言葉を言った。

「助けてくれてありがとう」

今日も、その前も、初めて出会った日からずっと。

――本当にありがとう。

あの独占欲も世話焼きも、言葉も態度も、全ては碧人を守るための行為で間違いなかった。幾度も助けてくれたその行いに、義務ではない深い愛情と優しさが滲んでいた。

――やっぱり本物の愛情だった。

それが分かって安堵する。

「手を離すな。降りるぞ」

コンラートは碧人の気持ちに応えるように翼を大きく旋回させた。

高度を下げて森の上空へと移動する。

そのままドームの傍にある平地にふわりと降りた。

翼を使って碧人をゆっくりと地上へ降ろしてくれる。まだ空を飛んでいるような不安定な足取りの中、碧人は地上に立ってその姿を見上げた。

飛竜の全長は翼を広げた状態で、頭の先から尾の先まで六メートルほどの大きさがあった。小型飛行機よりわずかに小さい。翼を閉じて尾を丸めた状態で地面に座ると、その半分くらいの大きさになった。

翼を畳んだコンラートが碧人の方にすっと頭を近づけてくる。いつものようにすりすりと頬ずりされて笑い声が洩れた。少し痛かったが、すべすべつるつるの頭を撫でてやる。

「なんか変な感じ」

「碧人、その足はどうした？」

「え？　あ、これ──」

右足首のことを尋ねられて木から落ちた経緯を説明する。碧人の想像通り、一緒に落ちたセトは怪我もなく無事だったようだ。それを聞いて安心する。

「どうして、保護区の外へ出た？」

「出たのは……そうだな……ええと、木の上からセトと街を眺めてて、何か式典のような広場の様子を見て、コンラートがこの国の王子だと知って、それで──」

「……やはり、知ったのだな」

「うん」

「それで怖くなって逃げたというわけか？」

「違う。なんとなく気まずくなったのと、なんで教えてくれなかったのかなって」

　コンラートを責めるつもりはなかった。ただ、いたたまれなくなって、気持ちがどうにも落ち着かず、あの場にいることができなかったのだ。思い返してみると軽いパニック状態だった。

「黙っていてすまなかった」

「別に、言えないのは分かってるし。なんかコンラートに迷惑をかけている気がして」

「迷惑ではない」

「けど――」

「どうか自分を責めること、卑下することだけはやめてくれ。碧人にはここにいてほしい。私の傍にいてほしいんだ」

　コンラートの青い目が真っ直ぐこちらを見ている。

「話をしてもいいか？」

「うん」

　碧人はコンラートの足元に腰かけた。背もたれ代わりに、碧人の背中を前足で支えてくれる。こんなふうに話ができることが純粋に嬉しかった。

「確かに私はこの国、アルーシュ王国の王位継承者である第一王子――王太子だ。けれど私は自身の立場やこの国の在り方について、長らく迷い、憂い、思慮してきた。その証拠に、他国との争いや、自国の利益を守るためだけの政務を行う王族からは距離を置き、常に懐疑的な立場を取っている。王子として驕（おご）ったことなど一度もない」

コンラートによると、現在の王族は私的な利益を得るための政治や軍事に明け暮れ、国や民衆について考えることがないという。それをよく思っていないコンラートは、与えられた政務を人型でこなしつつ、気晴らしに飛竜の姿で空を飛び、自らが築き上げた隠れ家でこっそり休む生活をしていたようだ。

「ドームは私の隠れ家、唯一の息抜きの場所だった」

やはりここは隠れ家だったのか。考えてみれば、華美な装飾は一切なく、簡素な生活スペースと書庫、祈りの場があるだけの不自然な建物だった。コンラートの言葉に納得がいく。

「飛竜でいる方が楽だったりする？」

「これが本来の姿だからな」

コンラートは天飛竜（グエル）と呼ばれる王族の血が入った特別な竜で、有事以外は人型でいることを義務づけられている。そんなコンラートにとって飛竜の姿に戻ることは、本当の自分になれる、つかの間の休息なのだろう。

「ドームと同じように、私が作った保護区にもきちんと意味がある。そして、コロニーにいる子竜たち――セトのような子竜以外を、外に出せないのにも理由がある。メルやケルクは火竜――敵国であるグバテルの竜だ。同じようにネネは毒を持つ氷竜――コノティアの竜だ」

「じゃあ、あの子たちは敵国の子どもってこと?」

「そうだ。戦争で親を失くしたり、怪我を負って放置された子竜を、私が助けて保護した。グバテルの火竜も、コノティアの氷竜も、弱い個体はあっさりと見捨てられる。強き者だけが尊重される世界が竜の世界だからだ」

やはり、竜の世界は弱肉強食なのだ。どの国も、竜の本能、そして自然の摂理に近い営みの中で文化が築かれているのが分かる。碧人の常識が一切通用しないシビアな世界のようだ。

「そして、保護区内に交流カフェがあることは知られているが、コロニーの中に敵国の子竜がいることは、メーリアをはじめとする保育官とガレスとキュクロしか知らない。研究所の内容についても同じだ」

セトが火竜のメルやケルク、氷竜のネネと外で一緒に遊びたいと言っていたが、これまで出られなかった理由がコンラートの説明でようやく分かった。けれど、言葉に詰まる。大人が子どもを見捨てるなんて本当に酷い世界だ。

「交流カフェは戦争孤児がいることを世間に周知させるためにやっている。もちろん、子竜たちの健やかな成長と未来のためでもあるが。そして——」

　コンラートはそこで一度、言葉を切った。

「私が保護区を作った最大の理由は、我が国の飛竜と翼竜の命を救うためだ」

「命を救う？」

「ああ。私たちアルーシュ王国の竜は周辺二国の竜族と常に戦争をしている。その中で負傷し、命を落とす者も少なくない。特にコノティアの竜——毒を持つ氷竜との戦いの中で、この国は多くの飛竜を失ってきた。私の弟もだ」

「え？」

「私には兄弟が五人いるが、一番下の弟は王族でありながら立派な竜騎士だった。成人した後、王家から離れ、騎士団長となって戦いに参加していた」

　コンラートによると、アルーシュ王国では王家や家督を継ぐ長男が絶対とされ、次男以降の男子の立場と権限にかなりの制限があるという。女子に対しても同じのようだ。それに反発する王族も多いという。

「騎士団長って、黒騎士みたいなもの？」

　碧人の言葉にコンラートが頷いた。かつて家督を継げなかった長男以外の騎士は、鎧（よろい）や盾や剣に印された紋章を黒く塗り潰し、出自を隠して活動していたため黒騎士と呼ばれることがあった。それと同じような活動をコンラートの弟はしていたのだろうか。

「弟のイーニアスは自らの信念を貫き、戦いの中で命を失った」

コンラートが寂しそうな目をしている。

「この国では正しい行いをした者が早く死ぬ。勇敢で優しい竜ほど早く死ぬんだ……」

「勇敢で優しい竜……」

想像して胸が詰まる。

毎晩コンラートが祭壇で祈りを捧げていた理由がようやく分かった。

——そうだったのか。

コンラートの孤独と痛みが手に取るように分かる。

この男は自分の人生の中で大切なものを失くす経験をしている。それは碧人も同じだった。出会った時からコンラートに深いシンパシーを感じたのはそのせいかもしれない。

「氷竜の毒は恐ろしい。すぐには死なないんだ」

どういうことだろう。碧人は理由を尋ねた。

「一度、噛まれた者は処置を受けて回復するが、二度目に噛まれた者は皆、死亡する。どんな処置をしても絶対に助からないんだ」

「処置ってどんな？」

「傷口から毒を吸い出して消毒し、安静にさせる」

それを聞いて分かることが幾つかあった。

コンラートの弟、イーニアスは氷竜の毒で亡くなったのではない。毒で死ぬのであれば一度目で死んでいるはずだ。理由は竜の毒による抗原抗体反応——アナフィラキシーショックによるものだろう。

生物は体内に侵入してくるウィルスや細菌から身を守るために、それらを攻撃する抗体を体内で生産する。できた抗体は免疫機構として体内で重要な役割を果たすが、それが逆にアレルギー反応の原因となる場合がある。

イーニアスの場合、最初に噛まれた時にできた抗体と、新たに噛まれた時に注入された竜毒抗原とがアレルギー反応を起こし、適切な処置を受けなかったため死に至ったのだろう。

「私は子竜の未来を守るために、そして弟が亡くなった原因を追究するために、保護区の中に生態研究所を作った。だから、私は——」

「それ、俺にできるかも」

「ん？」

「氷竜に噛まれた竜を助ける方法を見つけられるかもしれない」

コンラートの目が光った。

「本当か？」

「うん。絶対にできる。というか、やってみせる」

「碧人……」

コロニーにいる子竜たちは、慢性疾患に対する投薬治療をきちんと受けていた。薬は天然の生薬に由来する漢方のようだが、薬学の知識はこの国でもそれなりに浸透しているようだ。抗原抗体反応の原理さえ理解できれば、人工的に化学合成された治療薬を作ることも難しくないだろう。

自分にできることが必ずあるはずだ。いや、なんとしてもやってみせる。碧人は獣医として必ず結果を出すと己の心に誓った。

「一つ条件があるんだけど」

碧人はコンラートの顔を真っ直ぐ見た。

「俺は竜を助ける方法を見つける。だから、コンラートは俺が元の世界に帰れる方法を見つけて」

「碧人……」

「それが上手くいけば、俺がこの世界に来た意味が見出せるし、コンラートの立場を損なうことなく、色々なことが最善の形で収束する」

「だが――」

「それでいいよな」

「しかし、碧人はこの世界に導かれた……いや、そうだな――」

「――え？　何？」

突然、コンラートが言葉を切った。

空気が張りつめる。何か危険を感じたようだ。

森の奥に生物の気配がある。コンラートがそちらへ顔を向けた瞬間、その気配はふっと消えた。

――なんだろう。

コンラートが碧人を守るように翼の中へ碧人の体ごと入れてくれた。

美しいドームのような空間が広がる。鱗の表面は冷たく硬かったが、内側は温かくすべすべしていた。

安堵の気持ちのまま碧人はすっと目を閉じた。

――これでいい。

きっと上手くいく。自分が手にしているものにきちんと光を当てる。自分のできることを精一杯やる。答えは最後に分かるはずだ。

大丈夫。

間違いない。

コンラートの翼の中で、この後の全てが上手くいくような、そんな予感がしていた。

6

「ああ、すごく綺麗だ……」

「今日は川が青いな。見てみろ。太陽に照らされた碧人の目のようだ」

つかの間の休み、コンラートと二人で水辺に来ていた。

季節は夏のど真ん中で、容赦のない太陽の光が碧人の肌をジリジリと焼いている。冷たい水が恋しくてたまらない。火照った体を早く冷やしたかった。

碧人は先に裸になると、岩場から川面に向かって勢いよく飛び込んだ。そのままスイスイと泳いで滝つぼまで近づく。立ち泳ぎをしながら岩の上を振り返ると、困ったような顔のコンラートと目が合った。

「早く、早く！」

碧人が手を上げると、コンラートは渋々といった表情で服を脱ぎ、イルカのようなフォームで川へ飛び込んだ。

——フフ、なんか、可愛いな。

無意識のうちに笑みがこぼれる。コンラートが上げた水しぶきを眺めながら、碧人はここ数日間の出来事を思い出していた。

崖から落ちたところを助けられ、飛竜姿のコンラートと話し合った日から、碧人は保護区にあるコロニーやカフェだけでなく、生態研究所の中へ入れるようになった。そこで竜医師のゴードンと薬の開発をしているクルスと出会い、他の研究所のメンバーとも協力しながら、コノティアの氷竜の毒に対する治療法について議論した。研究の第一段階に取りかかることができたのだ。

毒に対しては血清が有効だが、保護している子竜から取れる毒の量が限られているため、その開発は難しい。やはり、アナフィラキシーショックに対するアドレナリン注射や、抗ヒスタミン剤、副腎皮質ステロイド薬などの開発が必要であることが分かり、同時に代謝管理ができる輸液の設備を整えることも重要だと分かった。

その後、点滴器具の開発は時計職人に、そして薬の開発はウイスキーの醸造家に業務の一部を委託した。そうするのには明確な理由があった。

「そうか。碧人は泳ぐのが好きなんだな」

「うーん、どうだろう」

「つるつるの体で、とても綺麗に泳ぐ。時々、浮いたりして、それがすごく可愛い」

綺麗なのはコンラートの方だ。

青い髪が水の中で揺らぎ、美しい破線を描いている。額と腕と手の甲にある鱗模様が陽光を反射して、逞しい人魚が泳いでいるように見えた。男の人魚もセクシーで悪くない。

「今日の碧人はすごく楽しそうだ」

「確かにそうかも。ずっと忙しかったし」

ここ数週間は研究所に籠りきりだった。もちろん、今までと変わらずコロニーやカフェにも顔を出し、夜はドームでコンラートと過ごしていたが、それ以外の時間は薬の開発に夢中だった。

「あの二人は役に立つか？」

「もちろん。薬師のクルスさんの知識と探求心は凄い。ちょっと天然で頼りないところもあるけど」

「そうか。それはよかった。聞くところによると、ウイスキー職人に仕事を頼んだとか。碧人は酒が好きなのか？」

「はは、違うって。まあ、飲めることは飲めるけど。職人さんに頼んだのはアルコールの醸造と蒸留の技術が薬の精製に使えないかと思って。まだ、できるかどうかは分からないけど、物は試しだし」

「ふむ」

アドレナリンの抽出はそれほど難しくない。食肉で使われている豚など、家畜の内臓物から比較的簡単に抽出できる。高峰譲吉という日本人が世界で初めてアドレナリンを抽出し、結晶化したのは明治時代のことだ。抽出自体は簡素なラボでも可能だろう。

だがそれを精製・結晶化するのが難しい。精製とは目的の成分だけを取り出すことだ。

「簡単に説明すると、世の中にあるもののほとんどは混合物で、それを純物質にするには結構な手間がかかるんだ。精製技術には、再結晶、蒸留、昇華、クロマトグラフィーっていうのがあって、その技術の一部を持っているのがウイスキー職人だから――」

「碧人は凄いな」

「いや、皆で共有されてるただの知識にすぎないし。原理さえ理解できれば誰でも指示はできるんだ。コンラートみたいに自分の信念で世界を変えようとすることの方がずっと凄いよ」

そう、ずっと尊くて、ずっと凄い。

だから、どうあってもコンラートの力になりたい。役に立ちたかった。

――この男の力になりたい。

助けてもらったあの日から、碧人はそう思っている。

「奥まで一緒に泳ごうか？」

「うん、行こう」

コンラートに手を引かれて川を泳いだ。水の底がエメラルドグリーンになっているところまで進む。

川の水は冷たく心地よかった。

水面に差す光が二人の体に美しい網目模様を描いている。上から眺めたら、透明な寒天に閉じ込められた錦玉羹の金魚みたいだろう。

いや、人魚か。

――ああ……。

繋ぐ手からコンラートの感情が伝わってくる。

不思議だ。生き物の種類も性別も身分も、何もかもが恋愛に結びつかないはずなのに、コンラートの想いがすでに庇護欲ではなく恋に変化してしまったのだと分かる。

――なんでだろう。

どうしてこの男は、俺のことがこんなにも好きなのだろう。

好きで好きでたまらないんだろう。

なんの躊躇もなく、真っ直ぐな愛情を向けてくるんだろう。

そして自分はそれを違うと言えないんだろう。

恋ではないと言えないいんだろう……。

「碧人……」

顔を上げたコンラートに名前を呼ばれた。

「おいで」

手首を優しくつかまれて体ごと抱き寄せられる。そのまま水中で脚を絡め取られた。

視線が合い、どちらからともなく顔を近づける。

気がついたら、唇が重なっていた。

──あ……。

爽やかな森の香りに混ざるように、少しだけほろ苦い味がする。

これまで自分がしてきたどのキスとも違う、初めての種類のキスだった。

優しさ、温かさ、思いやり、友愛、慈悲、恋心……様々な感情が溢れて交差する。どうしてか胸がいっぱいになって、抑えられない気持ちのまま、もっと口づけたいと思った。

この体を離したくないと無意識のうちに手に力が入る。

──鼓動が速い……。

苦しいのにドキドキする。

「碧人……」

人型のコンラートは紳士で可愛らしい男だ。飛竜の時とは全然違う。それでも甘く優しいキスを続けているうちに、粘膜を通して薄っすらと竜の獣性を感じた。

ふと飛竜の時の、男の姿を思い出す。

青い鱗に覆われた粗削りな顔、力強い骨格と活力に満ちた肉体。

見た瞬間から圧倒的な生命力と透明な美しさに心が奪われて、それまで自分が当たり前に持っていた常識と理性を打ち砕かれた。最初はその衝動を恐怖と勘違いしたが、本当は甘く激しい引力だった。体が根こそぎ持っていかれるような激しい衝撃を受けたのだ。

飛竜の魅力には抗(あらが)えない。本能で魅了される。強く、否応なく奪われていく。と同時に、人型のコンラートの誠実さと優しさに惹(ひ)かれている。

どちらも同じコンラートなのが不思議で仕方がない。

——体が熱い。

心臓の裏側が熱かった。

これはなんだろう。

経験したことのない感情に揺さぶられる。どうしようもなく揺さぶられる。

「可愛い碧人。私の大切な碧人」

囁(ささや)かれて、またキスされた。上唇と下唇を交互に食(は)まれ、吐息を交換するようにしっとり唇を重ねられる。温かくて、柔らかくて、気持ちがいい。冷たい川の水と体温とのギャップが、余計にお互いの存在を浮かび上がらせた。

——なんて奥行きのあるキスをするんだろう。

性愛じゃない。

やはり、竜も人間と同じようにキスは性行為ではなく愛情表現なのだろうか。

——これは会話だ。

大人で男らしくて、可愛くて甘くて切なくて……唇が触れるたびに新しい感情を置いていく。こんなキスをする男だったのかと思い、コンラートの存在がより愛おしくなる。

「……コンラートも可愛いよ。なんかもう人型でも、気持ちも言葉も全部分かるし。……あの頃の、たどたどしい話し方がまだ俺の中に残ってて、それで可愛いって思うのかもしれないけど。なんだろうな、これ……」

よく分からない。

ただ、コンラートが自分にとって急激に特別な存在になりつつあるのが分かる。

「私は碧人のことを大切に思っている。自分の半身のように感じている。だから正式に私の番にしたい。もうどこにも行かせたくない」

「コンラート……」

「愛してる、碧人」

ぎゅっと抱き締められる。

触れている体から真摯な思いが伝わってきた。

――なんて優しく、慈悲深い愛情なんだろう。

水の中にいる分、どうにでも逃げられる。けれど碧人は逃げなかった。無自覚に逃げない方を選び、それを当たり前に選んだ自分自身に驚いた。

抱き締められたまま連れ去られて、木陰にある岩場の上に乗せられる。

水が流れているせいだろうか。岩の表面がなめらかで心地いい。背中に浅い水の流れを感じながら、覆いかぶさってくるコンラートの重みを愛おしいと思った。

「碧人……」

軽く口づけられる。そのままゆっくりと体の表面を撫(な)でられた。肌についた水滴を払われる感触が涼しくて気持ちいい。

欲望を解き放つようなセックスがしたいわけじゃない。それは分かる。お互いの体がどうなっているのか隅々まで知りたいだけだ。本当に、ただそれだけ――。

二つの体が最適解を求めるように動く。碧人も同じようにコンラートの肢体をゆっくりと確かめるように撫でた。

コンラートの肌は白くなめらかで、碧人が触るたびに葉脈のような模様が青く光った。興奮しているのが分かる。それを迷路のように指で辿(たど)ると、コンラートがわずかに身を引いた。

「コンラート？」

「――いや」

コンラートが困惑しているのが分かった。

その理由を推し量って、わずかに胸が詰まる。

――そうか、この男は……。

誰かに触れることは慣れているのに、誰かから触れられることには慣れていない。

あれだけ多くの子竜を可愛がり、碧人のことも大事にしてきた。たくさん触れて、抱き締めて、見返りを求めない愛情を与えてきた。けれど、コンラート自身は子どもの頃から、抱き締められたり、背中を優しく叩かれたり、手を繋いだりといった記憶がほとんどないのだろう。

この男は、こんなふうに誰かから愛を持って触れられたことがない。

それが分かってしまった。

コンラートの寂しさを思うと胸が苦しくなる。けれど碧人は気づかないふりをしてコンラートの体を触り続けた。すると、コンラートがくすぐったそうな声を上げた。

「くすぐったい？」

「……碧人にこうやって触られるのは、慣れていない」

「うん、いつも俺の方が触られてるからな」

コンラートの体温や匂いや手の感触を、碧人の体はすでに覚えている。コンラートはまだそれを知らない。

「ああ、綺麗だな……俺とは別の生き物なんだって分かる」

「碧人も綺麗だ。白くて小さくて、すべすべしていて可愛い」

コンラートは指の背で碧人の頬を撫でた後、眉や鼻や唇の形を確かめるように触っては、甘い溜息をついた。そのまま腕の内側やみぞおち、膝の裏まで丁寧に撫でられる。細部に宿る神様に挨拶するような、礼儀と誠実さに満ちた触り方だった。

「白い妖精みたいだ。ここも——」

コンラートはそう言いながら碧人の性器を握った。男の大きな手のひらに包まれると潰されそうで怖かったが、コンラートの手は終始柔らかで優しかった。

「これで俺が赤ちゃんじゃないって分かっただろ？」

「碧人のここは本当に可愛い」

「聞いてるのか？」

コンラートは微笑みながらじわじわと手を動かしてくる。揉まれ、扱かれ、亀頭に与えられる甘い痺れに、碧人の性器が芯を持ち始めた。コンラートはそれが嬉しいようで、可愛い可愛いと連発してくる。

「それ失礼だから」

「シツレイとは？」

「俺のモノはそこそこデカイ。多分……だけど」

長さはともかく太さと硬さには自信があった。

「ふむ。私はどうだろう？」

不意にコンラートが碧人の手を取り、自分の中心へと導いた。触れた瞬間、心臓がドキリとした。

――なんだ、これ。

お互いずっと裸だった。けれど、どうしてかそこを見てはいけない気がして、視線を向けないようにしていた。おそるおそる手の中にあるものを見て、そのまま息が止まった。

大きい。

生殖器というよりは何かのモニュメントのようだ。

雄としては確かに独り勝ち――圧倒的な優勝だろう。そのトロフィーをこんなふうに隠し持っていたのか。木の根のようなペニスが手の中で見る見るうちに硬くなる。碧人の皮膚を弾き返す勢いがあった。

――熱い……。ヒトガタでこれなら、竜になったらどうなってしまうのか。

想像しただけでも恐ろしい。コンラートのそれは、長さと太さと硬さと角度、全てが申し分なく完璧で、逞しかった。

「あ……」

まだ伸びしろはありそうだったが、これが完成形だろうか。

裏筋の部分にもあの鱗模様があって驚いた。ペニスが太るたびにそれが光る。手で触るとじんわりと網目状に熱を持っているのが分かった。

「やっぱり血管なんだ……」

「どうした」

「ううん、いいんだ」

熱い。熱の道が走る。握っているだけで気持ちがよかった。

キスをして、目を見て、また唇を重ねる。やがて会話が完全になくなって、静かに舌を絡ませながらお互いのものを扱いた。

他人の熱をこれほどまでに強く感じるのは初めてだ。別に他の体を知らないわけではない。けれど、コンラートの全てが特別だった。お互いが脈打つたびに、その血液が自分の中に流れ込んでくるような錯覚があった。

——全てが共鳴している。

苦しいほどにドキドキする。触っているコンラートの怒張がもう自分の一部のようだ。つるりとした舌が碧人の唇を開きながら体温の低い場所を探ってきた。唇と歯茎の隙間(すきま)、奥歯の裏側や上顎(うわあご)。そんな場所を温めるように深いキスが続く。そのねっとりとした口づけと同じように、コンラートの手淫は甘く苦しかった。親指で亀頭を潰されたり、鈴口を抉(くじ)られたりする。

でも、それも気持ちがいい。

あっという間に追い込まれて、己の屹立(きつりつ)の根元が熱を帯びる。細い管が切なく開かれたのが分かった。

「イキそう……」

コンラートの怒張を促すように上下に擦る。手の中でビクビクと突き上げるような脈動があった。

――凄い。生きてる。

圧倒的な生命の存在を感じる。碧人は感動していた。

――ああ……もう……。

コンラートの手の中に真っ直ぐ吐精する。精液は想像以上に濃く、どろりとしていた。淫靡な匂いがする。それがたまらなく恥ずかしい。でも気持ちがよかった。

コンラートは碧人のとろみをすくい上げると、自分の先端に塗り込めた。そのまま碧人の手の上からペニスを握り締めて強く擦った。

――何もかもが熱い……。

コンラートが息を詰めた。自身を解放する。

碧人は、その瞬間を逃すまいと視線を集中させた。

ほどなくして激しく飛び出した精液が碧人の腹をびしゃりと叩いた。

その勢いの強さに驚く。腹を打たれたような衝撃ともったりとした高温の体液に痺れた。

「碧人……」

コンラートが抱きついてくる。

薄っすら汗の浮いた背中を撫でながら、自分の腹の底が熱くなるのを感じた。
初めての快感、初めての感触。
そして、知ってしまったコンラートの熱。匂い。体。
生命そのもののような雄の形。竜の美しさとその交接の尊さ。
――あれを挿れられたら、その相手はどうなるのだろう。
もし自分なら、どうなってしまうのだろう。
そんなことは起こりそうもないのに想像してしまう。
コンラートの大きさと硬さ、射精の強さ、精液の熱さ――。
深い森の匂いに包まれた塊。
自分がそれを受け入れたら、本当におかしくなってしまうかもしれないと思った。

7

碧人はネネを背負いながら、研究所にある自分の机の上で手製の顕微鏡を覗き込んでいた。今日の朝、研究室に入ると、前夜に処置しておいた幾つかの試験管の一つに小さな瘤状の固まりがこびりついていた。非常にいい兆候だ。

「碧人さん、どうですか？」

「うーん、いい感じかも」

薬師のクルスが声をかけてくる。その見た目はガレスやキュクロと同じ竜人型で、戦闘服ではなく白衣を身に着けていた。眼鏡をかけ、少し猫背気味の姿が理系男子っぽくて可愛い。

クルスは他の竜人とは違って物腰が穏やかで、性格も優しく温厚だった。今も赤い目が親切そうにくるくると動いている。

「っていうか、毒竜の子どもをおんぶなんかして、本当に大丈夫なんですか。二回嚙まれたら、碧人さん死にますよ」

「そうならないように研究してるはずだが」

「確かに、そうですけど……」

　碧人が研究室に入ってから水竜の子であるネネの体調が悪くなった。食欲がなく、行動に落ち着きがなくなり、やたらと自分の体を舐めて傷つけるようになってしまった。不安からくる過剰なグルーミングだと分かり、碧人はすぐに対処した。

　コンラートから長い紐を譲り受けると、ネネを背負って研究所へ出ることにした。

　その状態で仕事を続けているとネネの状態が見る見るうちによくなり、今では他の子竜たちを代わる代わるおんぶして仕事に励んでいる。抱っこが好きな子竜もいるが、実験などで危ないため背中で紐をクロスさせておぶっていた。

「ネネはいつも通り背中で寝てるから大丈夫だ。そもそも噛むような子じゃないし。それより、これを見てくれ」

「はい」

「いいか？　まず試験管の中にある固まりを、この薄い塩酸で溶かしてから……その一部をここにある時計皿に移す」

　ワッチグラスとは口が広く底の浅い実験用の皿のことで、眼鏡のレンズを大きくしたようなものだ。そこへ塩化第二鉄の希薄水溶液を一滴だけ落とす。実験用具は時計職人に、水溶液はウイスキーの醸造家にそれぞれ作らせた。

「……え、これって――」

「色の変化を見てくれ」

落とした瞬間、試験液がさっと刷いたように海緑色に変化した。

「ヴュルピアン反応だ」

「なんですかそれ」

「俺が元いた世界にそんな名前の人がいたんだ」

「人間ですか？」

「そうだ」

碧人は確信を持って作業を進める。今度はヨウ素の水溶液を滴下した。すると、水溶液が紅色に変わった。

「よし！」

「うわ、なんですかこれ。夕陽みたいだ。綺麗だな……」

成功を確認する。

さっきの固まりは間違いなくアドレナリンの結晶だ。

抽出だけでなく結晶化に成功したのだ。

――よかった。

もっと簡単にできるかと思ったが、設備や実験用具の整っていない世界で生物のホルモンを結晶化させることは難しく、想像以上に時間がかかった。

副腎からの抽出物は塩化鉄との化学反応で常に緑色を呈する――というのが〝ヴュルピアン反応〟の提唱だったが、間違いなく同じ反応を見ることができた。結晶化したアドレナリンはアナフィラキーショックの治療や昇圧剤、止血剤として用いることができる。もちろん実際に使用するには様々な段階の試験と治験が必要で、有効性や安全性はもちろん、品質や安定性に関する試験も行わなければいけない。そこは専門領域であるクルスや竜医師のゴードンに任せていいだろう。


「なんとかできた」

「凄いです、碧人さん」

「チームの皆に知らせてくれ」

「分かりました」

クルスがいそいそと部屋を出る。その白衣が期待で揺れていた。

――ああ、本当によかった。

安堵の溜息をつく。すると背中のネネがキュウと甘える声を出した。

紐を外して自分の膝の上に乗せてやる。

「どうした？」

「にいたん……」

ネネが不安そうに碧人の顔を見上げた。

「にいたん、いなくなるの？」

「え？」

「にいたん、ねねと、いしょにいれなくなるの？」

「ネネ……」

「にいたん、もう、おうちにかえる？」

なるほど、ネネの体調不良は、碧人がこの世界からいなくなってしまうのでは——という不安感が引き起こしていたのか。

ようやく理由が分かった。碧人がコロニーに顔を出す回数が減ったため、重度の分離不安を起こしているのかと思っていたが、どうやら違うようだ。

——俺が元の世界に戻ろうとしていることを、ネネは本能的に理解しているのか……。小さな体で何かを感じ取っている。この実験が成功したら碧人がいなくなってしまうことに、薄々勘づいているのかもしれない。

「にいたん、いかないで……。おねがい、いしょにいて」

「ネネ……」

すべすべふよふよの体をぎゅっと抱き締める。頭の上に顎を置くと、そこが心地よく沈んだ。しばらくの間、落ち着かせるようにネネの背中をとんとんしてやる。

「ネネ、大丈夫だ。俺はいなくなったりしない」

「ほんと？」

「本当だ」

碧人の言葉に、ネネがふわっと笑った。

目を細めて安心した顔をしている。

その笑顔を見て、胸が痛んだ。

――俺は本当に元の世界へ帰りたいんだろうか……。

心の内で自問自答する。

コンラートのためにもこの世界のためにも、自分がやることをやって元の世界に帰るのが一番の選択だと思っている。そして、自分のことを思って優しくしてくれた人たちに恩返しがしたい。その役目が治療薬の開発だと考えている。

けれど――

本当に帰りたいのだろうか。

そう思った瞬間、コンラートの顔が脳裏に浮かんだ。

優しい笑顔や、碧人を呼ぶ声、一緒に見た夜景や、甘いキスを思い出していた。

あの、甘く優しいキスを――。

ドームに戻り、夕食を済ませて、いつもの穏やかな時間を過ごす。

ずっとドームにいて大丈夫なのかとコンラートに尋ねると、自分がここにいることは誰も知らないので気にしなくていいという。

王都の中にある城は要塞の役割も兼ね備えた建築物で、中は広く、複雑に入り組んでいるため、誰がどこにいるのか把握するのは容易でないらしい。従者も自らの意志でつけていないため、政務以外の私生活を王族に詮索されることはないという。

「コンラートってやっぱり変わり者なんだ」

「そうかもしれないな」

「王子ってなんか楽しそうだけど。城にいたら色んな意味で贅沢できそうだし」

「碧人は子どもだな……。物質的な豊かさは心を空虚にするだけだ。物で心が満たされることはない。限りがないから、いくらでも欲しくなる。そうやって永遠に求め続けることで、本当に欲しいものが何か分からなくなってしまうんだ」

「ふーん。コンラートの欲しいものって何？」

「それは決まっているだろう」

優しい目を向けられる。求めていた答えがもらえそうな気がして嬉しくなる。

同時に、自分がこんなにも直情的で我儘で可愛い男だったのかと驚く。

あのキスをした日から、碧人はずっと求めていた。

どうしたらまたコンラートがキスしてくれるのかと——。

あの優しい感触と、心地よい匂いと、温かな体温を思い出しては胸が甘く騒いだ。

碧人の気持ちを見透かすように、コンラートは目を細めながら、碧人の頭をぽんぽんと撫でた。場の空気を変える。

「いつもの話を聞かせてくれないか」

「別に……いいけど」

二人は、ぽわんぽわんのベッドの上に並んで寝転んでいる。

夜のコロニーはランプに照らされていて綺麗だ。そのオイルランプの灯りを消して、長いロウソクに火を点ける。それで動物の影絵をするのだ。

絵本の読み聞かせから自然とこの流れになった。夜の楽しい時間。他愛ないけれど大切なひと時。

「じゃあ、これはウグイス」

「鳥だな」

手で鳥の形を作る。すると手がロウソクの灯りに照らされて、ドームの壁に大きな影ができた。

「コンラートは音痴だからウグイスの仲間だ」

「どういうことだ？」

音痴と言われて怒らないいんだと、なぜか嬉しくなる。碧人は続けた。

「ウグイスの雛はお父さんの鳴き声を聴いて歌を覚えるんだ。だから、父親がいない状態で育った雛はすごく音痴なんだ。鳴くのは雌をおびき寄せるためで、下手くそな雄は全然モテない」

「だから私は碧人にモテないんだな……ああ」

しゅんと落ち込む姿が可愛い。

「鳴くのはどの種にとっても一大事なんだ。ライオンが『ガオー』と吠えられるようになるまで二年はかかる。最初は猫と同じ『ニャー』だ」

「私たちも同じだ。最初は『キュウ』だ」

「確かに」

飛竜の咆哮は鼓膜が破れそうなほど凄かった。鳴き方によっては十キロ先まで声が届くらしい。他にも色々な話をする。

ウミガメは母親の顔を知らないことや、タコには友達がいないこと、ネズミには他のネズミの哀しみがうつってしまうことや、シマウマが独りで眠れないこと。生き物の孤独と自由と哀しさについて話す。

「キツネは恋をしないんだ。仲間と狩りをしたり、毛繕いをしたり、寄り添って眠ったりもしない。繁殖期以外は朝から晩までずっと独りで過ごす。孤高の生き物だ」

手でキツネを作るとコンラートも同じように作った。少し大きめのキツネだ。

「恋をしないなんて可哀相だ。一生、独りで過ごすなんて私には考えられない。竜は寂しがりな生き物だからな」

「孤高なのに寂しがり……面倒くさいな」

「寂しがりで、プライドが高くて、綺麗なものが好きだ」

不意にコンラートのキツネが碧人のキツネにキスした。

影絵も美しいラブシーンに変化する。

手で作ったキツネが小さなキスを繰り返した。

碧人が冗談でコンラートのキツネに噛みつくと、すかさず応戦された。コンラートの指の力が強すぎてすぐに劣勢になる。噛みつき合っているうちにコンラートに抱き締められた。近い距離でくすくす笑う。

「私はキツネではない」

「俺もキツネじゃない」

やはりこの気持ちは恋なのか。

そうでも、そうでなくても、どちらでもよかった。

竜はパンセクシャル――つまり、全性愛だ。相手の性を認識せず、あらゆる全ての種族を隔たりなく愛する。〝好きになった人が好き〟というシンプルな考え方だ。碧人はその考え方に対して共感すると同時に激しい嫉妬を覚えていた。何物にもとらわれないピュアで真っ直ぐな感情だからだ。自分にはない感情。碧人はそれを知らない。

愛のみが尊重される世界。

一体、どんな世界なんだろう。

想像して溜息が出る。

孤独しか知らない自分がそれを手に入れることができるのかどうか、考えても分からなかった。

「恋をする生き物の、本当の答えはなんだ？」

コンラートの疑問に碧人が答える。

「ヒトと竜かもしれない」

「そうか……確かにそうだな」

コンラートと視線が合い、そのまま顎を引き寄せられた。

答えを確かめるようなキスをする。

求めていた匂いと甘い感触。蕩(とろ)けるような温かさ。ただ触れているだけなのに込み上げてくるものがある。自分の心が小刻みに震えているのが分かった。

この眩暈(めまい)のような衝動はなんなのだろう。

甘いような切ないような、訳の分からない熱が胸の奥でわだかまる。

理由を探すために重なりを深くした。

――ああ……。

心臓が大きく一つ打つ。

答えが分かった気がする。

人はやはり恋をする生き物だ。

コンラートも、きっと――。

自分がコンラートを愛し始めていることに、碧人はようやく気づいた。


その日は朝からなんとなく落ち着かない気分だった。

コンラートのことが気になっているのかと思ったが、生態研究所では一旦気持ちを切り替えて、自分の職務を全うしようと懸命に働いた。

陽が落ちようとする夕刻、いつものように研究所での作業を終えて、ネネをおぶったまま建屋の外へ出た。すると、遠くからぴょんぴょんと近づいてくるセトの姿が見えた。体調のすぐれないネネを心配して来てくれたのだろうか。セトの素直な優しさが嬉しかった。

「にいたん、ねねたん」

「お迎えか？」

「うん」

門まで来たセトを抱き上げようとした時、背後に妙な気配を感じた。知らない匂いがして背筋に冷たいものが走る。

「そのまま、動くなよ」

邪気を含んだ声に驚いて振り返ると、見たことのない男が立っていた。

竜人二人と半人半獣の男が一人。

真ん中に立っている半人半獣の男はコンラートと同じような服を身に着けていたが、よく見ると顔の半分が竜でもう半分がヒトだった。半顔の仮面を着けたような一種異様な雰囲気がある。目つきが悪く、纏(まと)っている空気も淀(よど)んでいた。

「にいたん……」

セトが震えている。碧人は咄嗟(とっさ)に怯(おび)えるセトを胸に抱きかかえた。

「やはりな。おかしいと思っていたんだ。保護区のカフェ経営にコンラートが一枚噛んでると聞いていたが、まさか陰でこんなことをしていたとはな。子竜助けのカフェなど、ただの目眩(めくら)ましだろう。皆、あの男に騙(だま)されているんだ」

何を言っているのだろう。意味が分からない。

ニヤニヤ笑っている竜人の奥に倒れている人の足が見えた。見覚えのあるサンダル——ガレスとキュクロだ。碧人が仕事をしている間に襲われたのだろうか。微動だにしない様子を見て、碧人の喉元(のどもと)に恐怖がじわりと込み上げた。

「おまえ彷徨(サマヨ)い族(ゾク)か？　……フッ、違うな。グバテルかコノティアのスパイだろ。ここで何をしている」

そう言いながら、男が碧人の方へじりじりと近づいてきた。怖い。竜人ともコンラートとも違う、邪悪な匂いがする。

「カフェは表向きの商売だろ。この施設の本当の目的はなんだ？　中で何をしている？」

「…………」

「口がきけないのか」

頭の中で一番いい選択肢を張り巡らせる。

逃げられるだろうか。

――いや、そうするしかない。

碧人が足を踏み出そうとしたその時、男におんぶ紐をつかまれた。ネネを包んでいた布が外れる。まずいと思うより先にネネの体が外へ出た。

「なんだ、これは……」

碧人の背中を見て、男が絶句している。竜人二人が反射的に斧を振り上げたのが分かった。

「毒竜……コノティアの子竜じゃないか。一体、どういうことだ。隠れておかしな研究をしているのと思ったが、敵国の子竜を匿っているとは……。全くの反逆行為だ。頭がおかしいのか。本当に……何が目的なんだ」

碧人は一歩二歩と後ずさった。なんとしてもセトとネネを守りたかった。

「くそっ。私は一度、毒竜に嚙まれている。今すぐ、その子竜を殺せ！」

男が部下の竜人に命令する。と同時に、斧を振り上げた竜人の一人が碧人に飛びかかってきた。

——これまでか。

セトとネネを前後に抱いたまま走って逃げるのには限界がある。けれど、やるしかなかった。諦めるなと己を鼓舞しながら、竜人の斧を避けるように走る。何度か攻撃をよけることができたが、二人がネネを狙うため背中を見せて逃げることができない。

横に移動しながら走り続けているうちに斧の一撃が碧人の肩を掠めた。上着が裂け、鎖骨が露出する。深くはないが皮膚が切られる痛みを感じた。

「——待て」

男が命令する。

斧を振り上げている竜人に向かって何か合図した。全員の動きが止まる。

「こいつ……天飛竜の証を持っているのか。全く、どういうことだ」

男は碧人の胸元を凝視しながら唇を嚙み締めた。何かを確認するように碧人のもとへ近づいてくる。そのまま強引に顎を取られ、男と目が合った。

「おまえ目が青いな。……フッ、なるほど。そういうことか。よし、こいつを城へ連れていけ！」

　竜人二人が揃って返事をする。

「傷つけるなよ。気を失わせるだけでいい。子竜は二匹とも殺せ」

「承知しました」

　竜人が斧の柄で襲いかかってくる。碧人は背負っていたネネとセトをまとめて腕の中に抱き締めた。海老のように体を丸める。

「子竜を殺したら、俺はここで死にます。今は分からないかもしれないが、あなたたちは確実に後悔することになる。子竜を殺してはいけない」

「なんだと」

　竜人の一人が激高した。斧を振り下ろされる気配があり、地面を転がってよけた。土埃が舞い、視界が悪くなる。

「くそ、面倒だな。そいつらをまとめて馬車に乗せろ。毒竜も一緒ならそれがいい。中で口輪を噛ませて動けないように縛り上げるんだ。私は先に城へ戻る」

「畏まりました」

　地面に転がったまま背中を蹴られる。痛みに呻いていると肩と足をそれぞれ持たれて運ばれ、馬車の中に放り込まれた。空で飛竜が翼を広げる音が聴こえる。見えなかったが、男が竜の姿になって飛び去ったのが分かった。

――あの男……。

翼竜ではなく飛竜なのか。

人型の方の顔がなんとなくコンラートに似ている気がした。

気のせいだろうか。

「フン、面倒だな。このまま気絶させてしまえ。傷つけても構わんだろ」

「ああ」

突然、頭の後ろに激痛が走った。セトとネネの悲鳴が聞こえる。二人とも怯えて泣いているのが分かった。

馬車が走り出す。竜人が窓から外へ向かって何か撒(ま)いているのが見えた。目的は分からない。轍(わだち)や匂いを消すためだろうか。

もう一度、頭を殴られる。碧人が倒れ込んだ隙に、ネネが猿轡(さるぐつわ)を嚙まされて縛り上げられた。次はセトが拘束されるという時、危機を察知したのか、セトが反射的に窓の外へ飛び出した。あっという間にセトの体が遠ざかる。

「――セト!」

慌てて手を伸ばしたが間に合わなかった。

「にいたん!」

セトはそのまま宙返りして地面に着地した。目が合う。

セトが意志を持って飛び出したことが分かり、碧人は言葉を繋いだ。

「セト！　このことをコンラートに知らせてくれ。分かったな？」

「わかた」

セトは強く頷いた後、ぴょんぴょんと小走りで森の中へ消えた。

「くそ、あのガキ」

「構わん。全部、燃やしてやるさ」

竜人が何かを撒いた道に向かって火を点けようとする。碧人はその火種を取り上げて反対側の窓から放り投げた。

「くそ、何しやがる！」

拳で殴りかかられる。何度かよけたが、重い一撃が腹に入った。

狭い馬車の中だ。逃げるのにも限界がある。

縛られた状態のネネが碧人のもとに近づいてきた。目に涙を溜めながら、それでも傷ついた碧人を励まそうと必死に手を伸ばしてくる。碧人は小さな体を守るため、最後の力を振り絞ってネネを腕の中に抱き入れた。

「ネネ、俺は大丈夫だから――」

頭に衝撃が来る。一度、二度。

三度目、ネネをぎゅっと抱き締めた瞬間、意識が途切れた。

──ああ……。

セトは無事にコロニーへ戻れただろうか。

森は燃えずに済んだのだろうか……。

それだけが心配だったが、確かめる間もなく世界が暗闇（くらやみ）に包まれた。

8

目を開けると薄暗い部屋の中にいた。

周囲は堅牢（けんろう）な石造りの壁に囲まれて、光も差さず明かりもなかった。狭い部屋に鉄製のドアだけが見えている。すぐにそこが牢屋だと分かった。

「……いたん」

声がする。ネネだ。

「ネネ、大丈夫か？」

「にいたん」

目が暗闇に慣れてくると薄っすらとネネの姿が確認できた。怪我（けが）もなく無事のようだ。自分で噛んで外したのか、床に口輪の紐が落ちていた。

「おいで」

ネネを優しく抱き上げて背中をトントンしてやる。恐怖で震えているのが分かった。

「もう、大丈夫だ。心配しなくていい」

ネネはしばらくの間、震えていたが、話しかけながら撫で続けるとその震えが収まった。

冷たかった手足にも体温が戻ってくる。

「怖い目に遭ったな。可哀相に」

「……キュ」

「でも、心配しなくていい。あいつらはネネには手を出せない」

「……ほんと？」

「ああ、本当だ」

あの半人半獣の男も、竜人も、毒を持っているネネを必要以上に怖がっていた。口輪がすぐに外れたのも、噛まれる恐怖があって紐を強く結べなかったからだろう。

コンラートが言っていたことは事実のようだ。

毒竜に二回噛まれると死ぬという絶対的な恐怖が、アルーシュ王国の竜たちの心の根底にある。それは病巣のように深く静かに広がっている。

やはり、自分の判断は間違っていなかったのだ。

治療薬の開発、そして、これまでの研究には意味があったのだと、これではっきりと分かった。だが、まだ道半ばだ。

この状況をどうにかしてコンラートに知らせないと、と思った時、扉の開く音がした。

振り返ると例の男――半人半獣の顔をした男が立っていた。

「出ろ」

「……解放してくれるんですか？」

「違う。おまえだけ出るんだ」

「どういうことですか？」

「話は出た後だ」

一人で来たのだろうか。部下の竜人はいないようだ。碧人がネネを抱き上げると「下ろせ」と命令された。

「ネネを一人にはできません」

「おまえがここへ戻るまで、子竜に手出しはしないと誓おう」

「信じられません」

「おまえに選択の余地はない。早く出るんだ」

男の態度からネネに何かしようとする気配は感じられなかった。むしろ噛まれる恐怖から、関わりたくないという男の本音が見て取れた。

「ネネ、すぐに戻るから安心していい」

「にいたん……」

「何かあったらガブっと噛みつくんだぞ。分かったか」

「うん」

碧人はネネの頭をひと撫でして扉の外へ出た。

男の背中を無言で追いかける。薄暗い廊下を歩いて別の部屋に通された。先ほどの部屋よりは広かったが、チェーンで固定された折り畳み式のベッドだけがある、やはり牢屋のような閉鎖空間だった。

「そこへ座れ」

「…………」

碧人は命令されるままベッドの端へ腰かけた。

「これを両手、両足に嵌めろ」

「どういうことですか」

「命令に従わなければ自分が不利になるだけだ」

男から手錠のような拘束具を二つ手渡される。碧人は仕方なく自分の両手と両足に嵌めた。男は碧人の正面に立つと、見下ろすような形で口を開いた。

「コノティアからここまでどうやって来た？」

「え？」

「おまえが召喚によってこの世界に来た〝希人〟だということは、もう分かっている。目が青いこと、言葉を話せることが、その証拠だ」

どういうことだろう。言っている意味が分からない。

「天竜の国ではそれぞれ三十年に一度、特別な能力を有した希人を召喚する神事が執り行われる。我が国アルーシュ王国が希人を導いたのは二十年前、グバテルが導いたのは十年前。今回、召喚にあたったのは氷竜の国、コノティアだ」

「そんな……」

男の言葉を信じるなら、碧人は彷徨い族ではなく希人と呼ばれる特別な存在で、氷山地帯にある氷竜の国、コノティアの天氷竜に召喚されてこの世界に来たということになる。コノティアはネネの出身地、毒竜が住む国だ。本当だろうか。信じられない。

「……そもそもあなたは誰で、ここはどこなんですか？　何が目的で俺をこんな場所へ連れてきたんですか」

「私が尋ねているのだ」

会話の主導権はこの男にあるらしい。碧人は諦めて男に従った。

「コノティアの希人であるおまえが、なぜ、天飛竜の証を持っている。その胸にある瑠璃色の破片は、天飛竜の心臓を守っている貴重な鱗だ。無論、特別な相手にしか渡さない。命の欠片のようなものだ」

男が碧人の胸にかかっているペンダントを指差した。

「おまえはあの男――コンラートと契りを交わしたのか」

「俺は――」

「召喚した天竜と導かれた希人は時として番になり、強い力を発揮する。希人は神子であり、伴侶（はんりょ）でもあるのだ。おまえは導きを受けたコノティアの天氷竜を裏切って、コンラートと契ったのか」

「…………」

「コンラートは何を企（たくら）んでいるのだ。敵国の希人（スパイ）と組んで我が国を潰そうと画策しているのか。保護竜カフェなどと表向き慈善事業のように装いながら、裏では敵国の毒竜を匿い、おかしな研究をして、その希人と契る。全てが国を裏切り、民を欺く行為だ」

男の目が昏（くら）く光った。竜の顔が卑屈に歪（ゆが）む。

「あなたは――」

「フン、もう気づいているのだろう。私はコンラートの双子の兄だ。本来であれば私が第一王子として政務に励み、いずれはアルーシュ王国の国王として君臨するはずだった。私はこの見た目のせいで、本来、得るはずだった権利と立場を喪失しなければならなかった。何一つ本意ではない。長男を絶対とする制度の中で双子という立場を逆手に取られて、私は意図的に弟にされたのだ。あの男は私の苦労や屈辱を知ろうともしない。自分の地位さえ守れれば、それでいいのだ」

やはり、この男はコンラートの兄弟だったのか――。

だとするとここは王族が住む城の中だろうか。男の持つ負のオーラのせいでもあるが、雰囲気が暗く、空気も重い。コンラートに繋がるものが微塵（みじん）も感じられなかった。

最初にこの男を見た時、コンラートと似ていると思ったが、その自分が信じられなくなるほど、近くで見ると全く別の生き物だった。

――嫌な予感がする。

男の淀みない言葉に、長年、蓄積されてきたコンラートへの嫉妬と羨望が滲んでいるのが分かった。

それだけではない。

何か大きな策略を感じる。

コンラートの身に危険が迫っている気がした。

「あなたの言っていることはよく分かりません。希人のことや番の概念も、俺にはよく分からない。けれど、コンラートが悪い男ではないと知っています。あなたとコンラートとの間には何か大きな誤解があるようだ。コンラートは彼なりの正義の中で常に正しい行いをしている。全てはアルーシュ王国に生きる竜のための行動だ。自分のためではない」

「なぜ分かる」

「彼の弟が戦いの中で亡くなったと聞きました。その弟のような竜を助けるためにも、自分がしなければいけないことがあると、そう言っていました」

「フン、それが本心かどうかは誰にも分からない。他者のためと言いつつ、自分のために行動している者がほとんどだからな。私はそういう偽善者が嫌いなんだ。あいつもそういう奴だった」

「あいつって――」

「弟だよ。騎士団に入るようにイーニアスを唆したのは私だ。計画通り死んでくれて清々している。これで男の兄弟は私だけになった。コンラートが問題を起こしているのなら、正当な王位継承者は私になる。アルーシュ王国の第一王子――王太子はこの私なのだ」

男が口の端を上げる。竜の赤い目が光った。

この男の目的はコンラートの退却と自身の立場を奪還することだろう。そのためには手段を選ばない。長く抑圧されてきた男の鬱憤（うっぷん）とただならぬ執念を見た気がした。

だが、可哀相な男だ。

コンラートは、亡くなった弟はもちろん、この男のためにも、氷竜の毒から救う手段を見つけたいと思っていたのだろう。自分のためではない。全ては家族と、他ならぬ誰かの命のためだ。

コロニーができた理由。カフェが作られた理由。研究所の存在理由――。

コンラートが自己犠牲の精神のもとで動いている、その尊い理由を、この男は一生知ることはないだろう。

この男には天飛竜としての核がない。正しさがない。

あるのは王子として生まれたプライドと、恨みを晴らしたいという身勝手な願望だけだ。

「おまえを殺せばコンラートの力が消えるのか……いや、おまえを取引の材料にして、コンラートを王子の立場から引きずり下ろせばいいのか……とにかく、おまえは使えるんだ。あの男の希人だからな」

男がフフフと気味の悪い声を洩らす。笑いながら碧人の体に覆いかぶさってきた。

「どれ、どんな匂いだ。私に嗅がせろ」

「……触るな」

「希人に触れるのは初めてだ。……フン、頼りない生き物だな」

耳の後ろに男の顔が回る。冷たい鱗が肌に触れて背筋がゾクリとした。

「ん？　どういうことだ。竜の匂いがしない……」

男が手を止めて目を瞠った。すぐに歪んだ笑顔を見せる。

「おまえはコンラートの種を受けていないのか。なるほど……まだ契ってはいない、ということはあの男の番ではないのだな」

男の竜の目がキラリと光る。そのまま肩口を硬いベッドの上に押さえつけられた。

突然の衝撃と痛みで体が動かなくなる。

「私と番になれ。得た力は国のために使う。それなら構わないだろう」

「くっ……離せ！」

「私と番うんだ」

力任せに男に頭突きするが、両手両足が拘束されているせいで逃げられない。体を捩(よじ)って抵抗するものの、あまり効果がなかった。

「おとなしくしろ。すぐに終わる。希人の力を手に入れられたら、私はこの世の全てを掌握できるのだ。これは偶然ではない。こうなる運命だったのだ」

「くそっ！」

男は我を忘れている。竜の顔から強い獣性を感じた。

碧人は抵抗しながら大声を出した。碧人の声に異常を感じ、誰かが扉を開けてくれたら、外へ転がり出ることができる。出たらそのまま廊下を這(は)って進めばいい。この男の言いなりには絶対にならない。諦めずにあらゆる方法を考え、行動に移した。

激しい抵抗の中、服が破れ、靴が脱げる。体を何度もベッドに打ちつけられて、背中が熱を持つ。男の欲望を目の当たりにしながら、その激しさの中で、これまでコンラートがどれだけ優しく誠実だったのかを知った。

――コンラートは本当に……。

優しい男だったのだ。

碧人を抱こうと思えばいくらでも抱けた。

簡単に番にできたし、特別と呼ばれる希人の力も手に入れることができた。

この男のように、一瞬で全てを手に入れることができたのだ。

そうしなかったのは碧人を思ってのことだろう。

常に自分以外の誰かを尊重することで、王子としての生き方を保ってきた。

それがコンラートなりの正義で、コンラートなりの地獄だったのだ。

——ああ……。

不意に涙がこぼれそうになる。

与えられた政務をこなし、王子としての威厳を保ちながら、国民のために尽くした。

その陰で敵国の子竜を助け、子竜の里親を探し、毒竜の治療法を見つけようとした。

何もかも自分一人の力でやろうと試みた。

けれど、あれだけ多くの竜を助けたにもかかわらず、コンラートを助ける者は一人もいなかった。たくさんの命を救ったのに、コンラートの魂は救われることがなかった。どうしてだろう。誰も知らない場所でこれほど頑張ってきたのに、どうしてだろう……。

悔しさと哀しさがない交ぜになって胸の中で嵐を起こす。

だったら俺が、と思う。

自分がコンラートを助け、その救いになろう。一番の理解者になろう。

孤独の中、ドームで静かに祈りを捧げるコンラートの背中を見続けてきたのは、他ならぬ自分だからだ。

「俺は——」

碧人が体を起こそうとした時、石壁に空いている小さな隙間から声が聞こえた。距離は遠いが聞き慣れた声だった。

「にいたーん」

「……セトか？」

「にいたーん」

セトの声だ。

すぐに激しい衝撃があり、何かが折れる音がした。ガラガラと瓦礫が崩れる音に混じってネネの悲鳴が聞こえる。ほどなくして碧人がいる牢屋の天井が消えた。美しい星空が見える。

「碧人！」

コンラートの声。

空を切るような鋭い音。

天飛竜の尾がビタンビタンと石造りの塔を破壊しているのが見えた。その背中にセトとネネが乗っている。

「にいたーん、のってー」

「碧人、私の翼につかまるんだ。その勢いで背中へ移動してくれ」

飛竜姿のコンラートが塔の上で旋回する。

建屋のあちこちで守衛の竜人たちが騒いでいるのが見えた。手に松明を持ってわらわらと集まってくる。まずいと思った。思わず声が出る。

「コンラート！　騒ぎを起こしたらコンラートの立場が悪くなる。一度、ここは引いた方がいい」

「構わん」

コンラートは尾で男の頭を一撃すると、そのまま碧人の腕に翼を引っかけてすくい上げた。体が宙に浮き、今までいた部屋がジオラマのように小さくなる。牢屋は三つの塔から構成されていて、一つの大きな建屋になっていた。周囲は壕に囲まれて逃げられない造りになっている。

——ああ……助かった。

安堵の溜息を洩らし、震えながらセトとネネを抱き寄せた。ネネは泣いているが無事のようだ。

コンラートがさらに高度を上げる。それを見た地上の男が醜い声で叫んだ。

「見ろ、あれが王子本来の姿だ。獣性を剝き出しにして城を壊し、自分の我をどこまでも突き通す。陰でおかしな研究をして、敵国のスパイと子竜を匿っている。王子は反逆者だ！」

この期に及んで——と思ったが、すぐに男の姿が小さくなり、城全体が把握できる高さになった。

城は広く、大きく、美しかった。

大小様々な塔と建屋が堅牢な城壁に囲まれて、どこが城の中枢なのか分からない造りになっている。敵国の竜に空から攻め込まれないためだろうか。目を凝らすと、跳ね橋や城門、居館や礼拝堂が、錯視を利用した幾何学模様のように入り組んで見えた。その美しくも複雑なモザイク模様がアルーシュ王国の歴史と混乱を示唆しているようだった。

コンラートは翼を何度も翻しながら猛スピードで保護区の方へ戻った。

景色が飛んで眩暈がする。上手く感情をコントロールできないのだろうか。コンラートがそんな荒い飛び方をしているのを見るのは初めてだった。

碧人は何度も転げ落ちそうになりながら、セトとネネを抱き寄せて大丈夫だと励まし続けた。


セトとネネをコロニーまで送り、ドームに戻っても、コンラートの興奮は収まらなかった。獣性が強く出ているせいか人型を保つことが難しいようで、背中の鱗を尖らせながら荒い息をついている。まともに話せるようになるまで、かなりの時間がかかった。

碧人は手錠と足枷を外し、興奮しているコンラートを落ち着かせるため、その体を優しく包み込んだ。本能が強く出ているせいで、いつもより体格差を感じる。

「碧人――」

「大丈夫だから。ホントに……大丈夫」

コンラートが色々な思いの中で、言葉を尽くそうとしているのが分かり、碧人はもう充分だとその背中を撫でた。

「俺は平気だから。怪我も大したことないし、何も傷ついていない」

「だが――」

「……助けてくれてありがとう。とにかく、セトとネネが無事でよかった」

「すまない」

しばらく沈黙が続く。

コンラートの呼吸が落ち着くのを待って保護区の森のことを尋ねた。特に火事などはなかったようで安心する。馬車で取った自分の行動には意味があったのだと、心が少しだけ軽くなった。

「なんか色々ありすぎて、ホントに……」

碧人は大きく息をついた。

話さなければいけないことがあるのは分かっている。けれど、何か大きなものを失ってしまいそうな気がして怖かった。それはコンラートも同じのようだった。

「大丈夫だからさ」

「碧人」

「……双子のお兄さん？　彼から色々、聞いたよ。全部、おとぎ話みたいで……未だに信じられないけど。希人とか、召喚とか、コノティアの天氷竜のこととか」

　確かに驚いた。コンラートに双子の兄がいたこと。碧人が希人であったことや、コノティアの竜に召喚されてこの世界に来たこと。本音を言えば、まだ信じられない。双子の兄の嘘かもしれないと願う気持ちもある。

　そう思いながらも、心のどこかでこれまでの違和感が解けていくのが分かった。

「私の兄がすまないことを――」

「コンラートが謝る必要はない。けど、やっぱり訳が分からない」

　本当に滅茶苦茶だ。自分がこんなことに巻き込まれるなんて。

　自分はただの人間で、二十五歳の男で、獣医で、特殊な能力がありながらも凡庸に慎ましく生きていくものだと思っていた。己の持てるものに光を当てながら、ほんの少し誰かの役に立って、ほんの少し誰かのためになって、生きていければそれでいいと思っていた。

　それなのに、こんなイレギュラーな出来事にファンタジーに巻き込まれるとは――。

　自分の身に起こっていることは現実でファンタジーではないのだ。

　――ファンタジーの世界……あんなものは嘘だ。

　異世界転移した者が、素直に元の世界へ帰れることなど絶対にない。そして、なんの疑問も持たずに新しい世界に馴染むこともありえない。その理由が、今ようやく分かった。

それは、自分が変わってしまうからだ。変えられてしまうからだ。

碧人は変わった。

変わってしまった。

コンラートを知って世界が変化した。

常識も生き方も、それまで持っていた全ての概念が覆された。もう元の自分ではない。

戻ろうと思っても戻れない。

——この男を知ってしまったから。

元に戻れるものか、帰れるものかと思い、コンラートを責めたくなって、すぐにそれは違うと我に返る。

分かっている。もう、全部分かっているのだ。

コンラートの想いも、コンラートが成し遂げたいことも、彼の夢も恋も全部——。

「言えばよかったんだよ」

「碧人……」

「全部、言えばよかったんだ。『おまえは敵国が召喚した希人だが、私が自分の番にする。その力を得たい』って。お兄さんみたいに自分のものにすればよかったんだ。コンラートは選ばれし竜なんだから」

その物語を完遂すればよかったのだ。碧人の意志など考えず、ただ真っ直ぐに。

「まさか、あの男に何かされたのか。体を――」

「大丈夫。助けはちゃんと間に合ったし、番にはされていない」

コンラートが深い溜息をつく。その手が震えていた。

震えるコンラートの手を両手で包み込むと、反対に手錠で赤く擦れた手首を撫でられた。

そんな小さな優しささえ、今は胸に突き刺さる。

「もうさ、全部一人でやろうと思わなくていいから」

「碧人？」

「もう一人で戦わなくていい」

大きく息を呑む。言って泣きそうになるのが嫌で気持ちを整えた。

「あなたはこれまでたくさんの人を救ったのに、誰もあなたを救う人はいなかった。家族でさえも」

コンラートは黙っている。碧人は構わずに続けた。

「本当にずっと孤独だった」

昔の碧人と同じように。

それでも自分にできることはないかと考え、一生懸命生きていた。もがいていた。

「孤独で、寂しくて。それなのに、心に空いた穴を満たそうともしない。あなたは穴だらけだ」

　ドームで過ごす時間もそれほど男の孤独の穴を塞ぎはしなかっただろう。本当は誰かを抱き締めていないと眠れない男なのだ。もう全部、分かっている。

「でも、穴だらけだったから出会えた」

「碧人？」

「孤独で、心に傷をたくさん負って、あちこちに大きな穴が空いたままで。けど、その穴から差す光が俺を照らしてくれた。俺は救われたんだ、コンラートに」

　最初は碧人のことを妖精の赤ちゃんだと勘違いした。けれどすぐに、敵国が召喚した希人だと気づいた。そんな希人の碧人を、敵国の子竜と同じように保護し、命を守って愛情を注いだ。コンラートにとっては当たり前の行動だったのかもしれない。けれど、やはり自分は救われたのだ。

「今度は俺の番だ。俺がコンラートの力になる。俺と番うことでコンラートが力を得るなら、そうしてくれて構わない」

「碧人……」

「コンラートの番になる覚悟はできている。俺に証をくれたのは、そういう意味だろ？」

「番になったら元の世界に帰れなくなる。審判の泉は清い体でしか入れない。だから、私は──」

「分かってる。俺を元の世界に返すという約束で、コンラートは薬の開発の申し出を受けた。けど、俺は元の世界に帰りたかったわけじゃない。彷徨い族である俺がこの世界にいたらコンラートに迷惑がかかると思ってそう申し出たんだ」

コンラートは碧人の未来を考えて自分の番にはしなかった。

何も知らない碧人をコノティアの天氷竜から守り、時期を見て元の世界へ帰すつもりだったのだろう。あれだけ番にしたいと言葉ではそう言っていたのに、碧人の意思を尊重して自分の欲望(エゴ)を通すことはなかった。これまでもこれからも、コンラートはそういう男なのだ。

けれど、もう帰れはしない。

元の自分には戻れない。

――出会ってしまったから。

〝希人〟が己の運命なら、その義務を果たそう。ここに来た意味が見出せるのなら、元の世界を手放す覚悟もできるはずだ。

「俺が帰ったら困るだろ？　違うのか」

言いながら、自分の話す言葉が全て言い訳のように聞こえた。伝えたいのはそうじゃない。本当に言いたいことは、ただ一つ――。

「帰れなくしろよ。番がどうこうじゃなくて、俺を夢中にさせて。この世界に引き留めろよ」

——引き留めてくれ。

そう言いながらコンラートの体にぎゅっと抱きついた。

「本気で好きになったんだ。コンラートのことが」

本当にどうしようもなく、馬鹿みたいに。

気がついたら自分の方がずっと好きになっていた。

もう手放せないとそう思うくらいに——。

王子だったら、引き留めてみせろよ。

そんな乱暴な言葉に与えられた答えは静かで優しい抱擁だった。

ランプの灯が消される。

一瞬、ドームの中が真っ暗になったが、すぐに目が慣れて静謐(せいひつ)な月明かりが見えた。

石壁の隙間から斜めに差す光が祝福のヴェールのように映る。その冴(さ)えた光がコンラートの髪をマグネシウムのように輝かせた。

——すごく……綺麗だ。

美しい月明かりを浴びながら、コンラートの体を受け入れる。それは荘厳な儀式のようであり、秘密の戯れのようでもあった。

「碧人、おいで」

優しく抱き上げられてベッドの上に寝かされる。鳥が羽根を休めるように、ふわりと置かれた。そのまま熱い視線に見つめられる。

コンラートの額の模様や、青い瞳、真っ直ぐな眉、長い睫毛と綺麗に折り込まれた二重のラインを眺める。そんな顔をしていたんだと改めて思う。見れば見るほど美しかった。

「コンラート……」

さらりと繊細な髪が頬にかかったかと思うと、柔らかい唇の感触が下りてきた。

静かに目を閉じてその唇を味わう。

温かな体温と深い森の匂い。柔らかい粘膜とまだ明け渡されていない奥の熱。

幾度も角度を変えながら重なりを深くしていく。

柔らかく押され、戯れのように吸われ、輪郭を辿るように舐められる。そのどれもが心地よく、頭の芯がどろりと溶けていく。

――ああ……。

熱い舌が、濃い唾液が、深い愛撫が欲しくなる。

キスがこれほどまでに情熱的に快楽を与えてくるものなのだと、これまで微塵も知らなかった。それが悔しくて嬉しい。もっとコンラートが知りたくなって、もっとコンラートが欲しくなる。

この男の全部が欲しい。全部を手に入れたい。

希人の番の儀式としてではなく、受け身の器でもなく、ありのままの自分自身でコンラートと交わりたい。選ばされたのではなく、全ては自分で選んだ結果で、たとえこれが運命だったとしても、その責任を誰かに負わせるつもりはない。

選んだということは、結局その道しかなかったということだ。ここに来たのも、帰れないのも、きっと道が一つだったから――。

「碧人が私の伴侶になってくれるのなら、他に何を失っても構わない」

「……もうこれ以上、失わなくていいから」

コンラートの首の後ろに腕を回す。重なりがさらに深くなり、熱い舌が粘膜を割って入ってきた。お互いの存在を確かめるように深く舌を絡ませる。

――あ……。

コンラートの額にある葉脈のような模様が青く光り、興奮しているのが分かる。同じように自分の体温もじわりと上がった。

唇の合わさる角度を何度も変え、自在に硬く柔らかく変化させながら、お互いの舌を吸い合った。花の蜜(みつ)を吸うように、舌の根で湧(わ)き出した唾液を交換する。コンラートの唾液はとろりと温かく美味(おい)しかった。

「番の儀式は体液の交換をするんだ」

「んっ……それって……」

「お互いの種を飲む。そして、私が碧人の中に吐精する」

「種を……」

「碧人の小さなお尻の中へ私の種を出す。全部何もかもだ。初めては苦しいかもしれない」

耳元で囁かれた低い声と、その内容に身震いする。経験したことのない恐怖と、興奮と、期待が胸に迫った。

――コンラートのあれを、そして種を……受け入れるのか。

想像しただけでも恐ろしい。そうなったら自分の体はどうなってしまうのか。

今のこのキスでさえ快楽で我を忘れそうになっている。人ではない竜の体液がそうしているのだろうか。

「可愛い碧人、私の番」

「……んっ、それ狡いから」

蕩けるようなキスをしながら、お互いの服を脱がせ合った。

コンラートの長衣の裾が太腿に触れただけで感じてしまう。こんなふうに感覚が研ぎ澄まされているのは、コンラートが与えてくれるものを一つ残らず憶えていたいという想いの強さの表れかもしれない。

純粋に好きなんだと思った。

——飛竜でも人型でも、この男のことが。

そのまま裸にされて、全身を愛撫された。長い指先で胸の尖りを摘まれてあっと声が洩れる。軽く引っ張られただけで電流が走ったようになった。摘まれた状態で剝き出しの先端を吸われる。

「あっ……うんっ……」

濡れた感触とともに熱い舌がねっとりと動く。神経の束を強く吸われて、自分でも信じられないほど感じてしまった。背筋が跳ね、ペニスがぐっと硬くなる。

左右の乳首を吸われ、指で摘んで揉まれ、軽く歯を立てられる。複雑な快感が一つに集まって碧人の雄を形作っていく。

「証にもキスを」

コンラートがそう言って胸のペンダントにキスをした。

そのまま碧人の体のあらゆる場所にキスの雨を降らせた。額に頰に、耳元と首筋に、肩と腰に、太腿の付け根と膝と足首に。儀式のように、魂を込めて。最後、ペンダントをそっと唇の上に置かれた。

「なんか、体の隅々までコンラートのものになったみたいだ」

「これは挨拶だ」

「独占欲っぽいけど」

コンラートがふっと笑って、もう一度、証にキスをする。碧人も同じようにコンラートの全身に触れた。時々キスをしては、挨拶の証拠を体の隅々に残す。

触れて、口づけて、お互いを知っていく。コンラートの逞しさと力強さ、隠し持っている獣性を知っていく。相手の体に触れることがこんなにも心地よく、言葉がなくても気持ちが共有できるのだと、新鮮な感動を覚えた。

「本当の私はここだ」

コンラートの手に導かれてそこに触れた。促されて軽く握り込むと、火傷しそうなほど熱かった。

──ああ……生きている。

大きくて、太くて、硬い。竿に網目状の熱の道が走っている。性器の質量が増すたびに、じんわりと痺れるような熱さが薄い皮膚越しに伝わってきた。

「碧人は？」

「うん」

自分の中心をコンラートにつかまれて、大きな手でゆっくりと扱かれた。そのなめした革のような手のひらの感触がたまらなく気持ちいい。ずっと触っていてほしくなる。

同じように手で擦ることに夢中になっていると、横向きの姿勢でお互い愛撫できる体勢にされた。目の前にコンラートの性器がある。反対に自分のそれはコンラートに見つめられているのだろう。

――舐めたい。

碧人は自然な形でそこへ口づけた。

目を閉じて味わう。

濃い雄の匂いと痺れそうな体温。つるりと丸みを帯びた肉の張り。少し含んでみると一筋縄ではいかないことが分かる、大きさと太さ。やはり、人のものとは違うずっしりとした存在感。光る熱の道を持った太竿。全てが逞しさに満ちていた。

――なんか……凄いな。

簡単には舐めたり吸ったりできないボリュームがある。けれど、その輪郭を舌で辿ることくらいは可能だろう。碧人は先端から根元に向かってゆっくりと舌を這わせた。

鈴口を撫で、傘を下り、複数ある括（くび）れの段差に驚きながら舐め進める。光る道にも舌を這わせて、その熱さを直（じか）に感じた。

「んっ……あっ……」

下肢が溶けそうなほど気持ちがいい。

同じようにコンラートから愛撫されているからだ。

茎を吸われながら窄（すぼ）まりに指を伸ばされた。唾液が絡んだ指がゆっくりと中へ潜ってくる。挿入は怖いと思っていたのに、ただただ気持ちがよく、中の濡れた粘膜を撫でられただけで甘い声が洩れた。

「碧人のここ、綺麗だ。小さくて可愛い。……もっと奥まで知りたい」

「うっ……それ――」

くちゃりと卑猥な音がする。見られているだけでも恥ずかしいのに、指を飲み込んでいくところや、ピンク色の粘膜をこじ開けられて中まで観察されているのかと思うと、募る羞恥で呼吸が乱れた。顔が焼けるように熱い。

「碧人は上手だ。器用に受け入れている」

褒められても嬉しくない。けれど、コンラートの愛撫は優しかった。

放射状に集まっている筋肉の襞の一枚一枚を解くように指を動かされる。溶かされて開かされ、敏感になった場所に、今度は二本の指がゆっくりと侵入してきた。優しくて卑猥な指技に頭がくらくらする。

口淫も続けられたままだ。前と後ろの両方の快感が切っ先に集まって、もう刀身が爆発しそうだった。

「俺も――」

その衝動を誤魔化すために、コンラートの屹立にむしゃぶりついた。唾液が垂れるのも構わず先端を食んで飲み込んで吸い上げる。生の性器そのもののエロティックな食感と匂いに眩暈がした。

――もう頭が……おかしくなりそうだ。

夢中になって舐めていると血管の青い光が強くなった気がした。手の中に熱いお湯が流れているような錯覚に陥る。同時に自身のものも先走り、緩やかな射精が始まっていた。

「コンラート……もう、俺――」

「碧人、出したものを、すぐに飲まないでいられるか」

「何？　どういうこと」

「口の中に含んだまま我慢していてほしい」

「そんな……」

「一度だけだから」

体の中心がビクビクと跳ねて膝が震える。頭の後ろがぼうっとして、もう何も考えられない。

「も、イキそう――」

「碧人」

長い指で中を刺激され、敏感な先端を熱い粘膜で覆われ、どこにも逃げ場がないまま幹をねっとりと吸い上げられた。きつい締めつけと唾液の滑りが碧人を限界へと追い込む。

――もう無理。

背中が跳ねる。

「あ、イク――っ……」

コンラートの口の中へ勢いよく射精した。意識を失いそうなほどの強い快楽に全身が震える。

――ああ……気持ちいい。

ほどなくしてコンラート自身が熱を持った。

根元が硬くなり、溶岩が噴き上げるような衝撃を手のひらに感じた。

――あ……来る。

そのまま口の中に熱い奔流が押し寄せてきた。長く激しい吐精――。

苦しい。熱くて濃くて苦しかった。

やはり青臭い匂いと、濃厚なゼリーのような感触がある。同時に樹液のような甘酸っぱさが口の中に広がった。

――ああ、男の匂いと味に……酔ってしまいそうだ……。

これをしばらくの間、飲まずにそして吐き出さずに、このままにしておかないといけないのか。苦しさと背徳感で頭がくらくらした。

「碧人」

「うっ――」

「すぐに終わらせる」

ゆっくりと体を返される。そのまま太腿を持たれて後孔を舐められた。

熱い唾液が体の内側に流れ込んでくる。ここに他人の体液が入るのは初めてだ。中も神経が通っているのが分かって、余計に怖くなる。

――俺にできるのだろうか……。

男の、それも半人半獣の竜の性器を受け入れることができるのだろうか。

愛撫で排泄器官を性器に変えられて、無意識のうちに孔がヒクヒクと動いた。期待と恐怖と混乱で体中が震えているのが分かる。充分に解れたのを確認したのか、コンラートが窄まりに先端を押し当ててきた。

「全部は挿れない。碧人が苦しくないようにする。私が射精したら口の中のものを飲み込んでいい」

「うっ……んっ……」

口の中でもたついている液体のせいで返事はできない。

もう色々と限界だ。何も考えられない。

今起きていることが現実かどうなのかも、もう分からない。

「挿れるぞ」

押し当てられていたペニスの先端がぐぐっと潜り込んでくる。コンラートの亀頭は人間と違い雁の部分が三段になっていた。それがぬるんぬるんと入ってくる。痛くて苦しくてたまらない。声を出したいのにそれも叶わない。

「力を抜くんだ」

肉の環が限界まで押し広げられて薄い膜になる。ピンと張りつめた場所にゆっくりとコンラートが押し入ってくる。どこまで我慢すればいいのか分からない。

「あと少しで先端が入る。そうしたら軽く動く」

「んっ……、んっ、うっ……」

ずぶずぶと亀頭が入り、幹の半分くらいまで碧人の中に埋まった。

信じられない。

もうどうにかなってしまいそうだ。

――熱くて、硬い。

体が溶けそうだ。

「すぐに終わらせよう」

そう言いながらコンラートが腰を動かした。

中でずるっと肉が動いたのが分かった。同時に自分の内臓が捲れそうになる。痛くて熱くて、怖くて苦しくて、もうやめてほしい。けれど、その恐怖の中心にわずかな快感があった。

――なんだ……これ……。

コンラートが動くたびに、その熱が高まっていく。

内側から脈動する性器に圧(お)され、身を貫くほどの侵入に喘(あえ)ぎ、与えられる熱に歓喜する。

おかしい、自分はもうおかしいんだ。コントロールの利かない場所に来てしまった。

「ああ、碧人の中がいい。よすぎて……滅茶苦茶にしてしまいそうだ」

「うっ……」

コンラートが自制しながら動いているのが分かる。けれど、それも限界に近いようだった。ほどなくして欲望の嵐に飲み込まれ、碧人は全身を押さえつけられながら激しく抽挿された。

段々の亀頭が奥までずるりと入り、抜け落ちそうになるまで引き出され、また突き入れられる。頭の先まで穿(うが)たれているようだ。

「ぐっ……うんっ……」

苦しい。

突き上げの衝撃で口から種を吐き出しそうになり、それをコンラートの唇で塞がれた。

――もう無理……。

限界だった。

察したコンラートが力強く腰を前後させた。碧人の狭い道の中を鎌首が気持ちよさそう

に泳ぐ。内臓を突き破りそうな勢いで前後して、快感を得た怒張が痙攣しながら白い欲を吐いた。

「出すぞ」

低い声とともに体の奥で熱が弾ける。吐精の衝撃は花火の爆発のようだった。

あまりの熱さと量に涙が滲む。何度も弾丸の雨に撃たれながら、コンラートの背中に腕を伸ばした。

「よし、飲んでいいぞ」

「――んぐっ……くっ……ぷは」

許しが下りて、我慢していたそれを一気に飲み込む。苦さと生ぬるさと痺れるような刺激が喉を下っていく。

――ああ……。

尻の奥が熱い。腹も胃の中も熱かった。碧人の肉体をコンラートの種が貫いたのが分かった。感覚器官が一斉に痺れる。雷に打たれたようだった。

全てをこの男のものにされた。

全部、何もかも……。

――なんて凄いことを俺は……。

一瞬で体が書き換えられてしまった。

「碧人、愛してる」

「…………」

「生涯、大切にすると誓う」

返事はできない。訳が分からない。肉体の境界線さえ失くしてしまったようだ。

けれど、碧人は長い喜びの中にいた。

「愛してる、愛してる、大好きだ」

――俺も誓おう。

あなたが生涯ただ一人の相手――永遠の番だと。

そう思った瞬間、碧人は意識を失った。

愛しているという男の声も、もう聞こえなかった。


光の道の上をふわりふわりと漂っている。

自分の体が輝く白い玉になっていた。

道の先に幼い碧人の姿が見える。祖母と両親、秋田犬のゴン吉とイグアナの友造までいた。楽しそうな笑い声が聞こえてくる。家族は幸せそうな姿のまま光の軌跡を残してふっと消えた。

――ああ、よかった。みんな笑顔だ。

安堵とともに目尻に涙が滲む。
そろそろ意識が覚醒するという時、碧人は心の内にあった言葉を呟いた。
ありがとう。たくさんの人に愛されたからここまで来れた。
俺はここで生きていく、この道でやっていくよ――。
それは番の儀式で新たな命を得た希人の、誓いと感謝の言葉だった。

9

「碧人さん、本当によかったですね」

「ああ、そうだな」

研究所で薬師のクルスが興奮気味に声をかけてくる。碧人はその言葉に笑顔で応えた。

つい先日、戦いの中でコノティアの毒竜に嚙まれた竜人がここへ運び込まれた。嚙まれた本人はパニック状態で、碧人やクルスもその対応に追われたが、開発したアドレナリンを使用するとショック症状が一瞬で治まった。

投薬治療を受けた本人が一番驚いていたが、粘り強く繰り返していた試験と治験の成果がようやくみられたことで、碧人とクルスをはじめとするチームのメンバーは手を取って喜び合った。

もうこれでコノティアの氷竜を恐れることはない。

これまで危険に晒されていた竜騎士や竜人の兵士たちの命を救うことができる。もちろんその竜型である飛竜や翼竜の兵士たちもだ。

――本当によかった。

碧人たちは大きな充足感に満たされた。

現在はこの治療薬を安定して製造すること、また安全に保存・提供できることを目指して、研究所を挙げて取り組んでいる。

「それにしても……」

「なんですか、碧人さん」

クルスが赤い目をくるくる動かしながら尋ねてくる。いつもの親切そうな表情に兄弟のような親しみを感じた。

「コンラートのことだけど」

「……はい」

クルスが少しだけ困った顔をする。

コンラートが碧人を助けた後、城の中は大騒ぎだったようだ。

当然だろう。王子であるコンラートが突然、飛竜姿で現れて、城内にある塔を三つ壊したまま姿を消したのだから。

双子の兄——王族以外の人々は弟だと思っているが——ファサードがコンラートに対する疑惑をあれこれ吹聴しているのも問題だった。国民からの信用が失墜してしまっては、コンラートが本来遂行したかったことができなくなってしまう。あれからずっと、碧人は不安を抱えていた。

「大丈夫ですよ。国民はコンラート様に対して絶大な信頼を寄せています。反対に弟のファサード様に対してはあまりいい感情を持っていません。見た目のこともありますが、それ以上に、彼が素行と性格に問題を抱えていることに皆、気づいています。国民はそれほど馬鹿ではありません」

「そうか……ならいいけど」

「今すぐというわけにはいきませんが、近いうちにこの治療薬のことも発表できるはずです。そうなれば研究所のことも、コノティアの子竜を匿っていた理由も説明できます。何も心配することはありません」

「うん、そうだよな」

実際にコンラートが悪事を働いているわけではない。総じて国民のための行動で、その全てが明かされれば誰もが称賛するだろう。

「今も問題なくカフェは営業できています。それが答えではないでしょうか」

「ああ」

クルスが白衣の猫背をさらに丸めた。リラックスしている時の仕草だった。

「コンラート様はアルーシュ王国の星、グエルの王子様です。私は彼が大好きです」

「はは、セトと同じことを言ってるな」

「皆、同じ気持ちですよ。あれほど素敵な王子はいません。誰に対してもフェアでお優しい。好きにならずにはいられませんよ」

「そうだな」

「碧人さんもその立場になられたのですし」

「え？」

「いえ」

クルスは軽く微笑むと、今度は肩を竦めてみせた。

その微笑みの理由は分からなかったが、碧人は騒いでいた自分の心がようやく落ち着いた気がした。


研究所を出てカフェに向かう。

薬の開発がひと段落した碧人は、以前と同じ頻度でカフェやコロニーへ顔を出すようになっていた。研究所の正門から少し歩くと、石造りの建物の入り口にある白い看板——ラディヤ・ミエリという文字が見えてくる。

ドアを開けて中に入るといつもの店員が迎えてくれた。

お客さんと交流しながら、一緒に子竜のケアをする。爪の伸び具合をチェックし、生えたての翼に滑石粉をはたき、鱗が出てきた子には柔らかい布を当てて磨いてやる。

どの子竜も本当に可愛い。碧人に対して素直に体を預けてくる。子竜が大人を手放しで信用している証拠だった。お客さんとも問題なく信頼関係が構築できていて安心する。

研究所とコンラートの功績が認められれば、アルーシュ王国の子竜だけではなく火竜や氷竜の子もここに出せるかもしれない。その日が待ち遠しかった。

「いらっしゃいませ、こんにちは」

「ああ、お邪魔してます」

「ラーシェはいかがですか？」

碧人はお菓子を配って回った。同じように好みの薬草茶も訊いて提供する。

皆、笑顔でホッとする。これまでと変わりなくカフェを続けられて幸せな気持ちになった。

「あの……すみません」

女性の竜人が碧人に声をかけてきた。どうしたのだろう。俯き加減で元気がなさそうにしている。

「どうかされましたか？」

「希人様は獣医師さんなんですよね」

「あ、はい」

自分が普通に希人で通っていることに驚いたが、女性はそのまま質問を続けた。

「相談というか……あの……その――」

「大丈夫ですよ。なんでもおっしゃってください」

碧人がそう言うと女性の竜人はホッとしたのか小さく頷いた。

「理由はよく分からないんですけど、最近、夜眠れないことが多くて……」

「そうですか。どのくらい眠れていませんか？」

「二週間くらいです」

「それ以外の症状は？」

「特にないです」

確かに他の竜人に比べて顔色があまりよくない。手を触ると指先が冷たかった。小さな傷もある。

時間をもらって症状に合う薬草茶を考えた。キッチンへ戻ってお茶を淹れる。

「原因は分かりませんが、もしよかったらこちらを」

「あ……ありがとうございます」

ラッチェと呼ばれる木の根を乾燥させてできたお茶だ。気分を落ち着かせる作用がある。

「もしよろしければ、子竜の交流と関係なく、今後もカフェにいらしてくださいね。何度か通っていただければ、薬草茶とはまた違ったアプローチができるかもしれません」

「はい。……なんだか希人様とお話ができただけでもホッとしました。ありがとうございます」

「いえ」

竜人も人間と同じような悩みや症状を抱えているのが分かる。それは獣医師として接していた動物たちも同じだった。まだ何か自分にできることがあると思うと俄然やる気が出てくる。

その日はカフェの営業終了時間まで店にいた。

あっという間に時間が過ぎる。ひと通り仕事を終えたところで、店員に声をかけた。

「今日、石窯でちょっとだけ料理しても構わない？」

「え？　あ、いいですよ」

店員が快くキッチンへ迎え入れてくれる。碧人が長らく研究所で苦労していたことを知っているからだろうか。多少の我儘は許してもらえるようだ。

しばらくキッチンで作業していると、コロニーからセトとメルとネネが、そして付き添いなのかメーリアまで来た。

「にいたん、かえらないの？」

「なんだ、お迎えか」

「ちがう、ふりふりするでしょ。しないの？」

「ああ、そうか」

いつもドームへ帰る前に研究所の所員はもちろん、カフェやコロニーにいる子竜たちに

「また明日」と手を振って挨拶する。そのことを言っているのだ。

「材料が残ってるのを見て、ちょっと料理してみようかと思ったんだ」

「なんの？」

「うーん。山羊（やぎ）の肉を使ったミートローフと胡桃（くるみ）とチーズのパンだ。どっちも石窯で焼いて作る」

「せと、それたべたい」

「ねねもたべう」

「めるも！」

どんな料理なのか伝わっている気配はなかったが、三人ともぴょんぴょんと笑顔で跳ねている。碧人の手元を見て興奮しているようだ。

山羊の肉はミンチにしてひよこ豆とハーブとスパイスを混ぜ、金型に入れて成型した後、石窯でじっくりと火を通す。パンはレーズンの発酵液から取り出した天然酵母を使って生地を作る。すでに酵母を混ぜて寝かせてある生地に、胡桃とチーズを足して成形し、石窯の中央へ並べた。

石窯には素材の旨味（うまみ）を引き出す遠赤外効果があり、食材に素早くしっかりと火を通すことができるので、お菓子だけでなくパンや肉料理を作っても美味しかった。どんな食材でも表面はパリパリ、中はしっとりと水分を保ったまま焼き上げることができる。

「やきりんごは？」

セトが尋ねてきた。

リンゴが一つ残っていたので迷ったが作ることにした。手順はすごくシンプルだ。芯をくり抜いてその穴にバターと砂糖、シナモンを入れて焼くだけ。あれこれ話しながら料理を続けているとカフェのドアが開く音がした。

「こんらとさま」

「わあ、こんらとさまだ！」

「こんらとさま！」

子竜たちのはしゃぎ声でその来訪者がコンラートだと分かった。珍しいことがあるものだと振り返ると、男がなんとも言えない顔で立っていた。

なるほど、帰りの時間になっても碧人の姿が見えないので心配して迎えに来たのだろう。過保護だなと思い、けれど、そんな優しさが嬉しくなる。胸に甘酸っぱいものが広がって心臓がきゅっと収縮した。

「碧人、これは一体なんだ。皆で食べるのか」

「それもいいかなって」

「ふむ」

店内を見渡して何か考えるような仕草をしている。

コンラートが椅子に座ると、子竜たちがその膝を狙って一斉に駆け寄った。両手をふいふいさせながらお互いを牽制している。その姿がペンギンみたいで可愛かった。

「順番だ」

そう言いつつ、コンラートは三人を器用に抱き上げて自分の膝の上へ座らせた。

メーリアが申し訳なさそうに、その隣に座る。

碧人は料理が完成するまで石窯を覗き続け、できあがった料理を大皿に並べると、それを店員と一緒にテーブルまで運んだ。

「どうぞ、召し上がれ」

「わあ、たべう」

「たべう、たべう！」

子竜たちが忙しなく皿に向かう。するとコンラートがそれを制止するように火竜のメルを恭しく抱き上げた。

「こんらとさま？」

「メル、仕事だ」

「え」

「火を吹いて焼きリンゴの表面をもっとパリパリにしてくれ」

「りょーかい」

碧人が止めるより先にメルが火を吹く。

「うわっ」

熱い。思わず声が出る。

そんなことをしたらテーブルクロスが焦げるだろと慌てたが、メルは上手にリンゴの表面だけを焦がした。天才だ。

「さすが火竜の子。役に立つな」

「はいっ！」

コンラートに褒められたのが嬉しかったのだろうか。メルが凜々しい顔で右手を挙げた。

それを見て、みんなが一斉に拍手する。

「では、皆で頂こうか」

「はい」

全員が食事の前に行う祈りのポーズをした。静かに目を閉じる。

――全く……。

碧人は薄目で手を合わせながら、コンラートはこのために火竜を助けたんじゃないだろうな、と生温かい気持ちになっていた。

食事を終えて皆と別れた後、碧人はコンラートと手を繋ぎながら夜の小道を歩いた。

こうやって二人で並んで歩くのは久しぶりだ。

コンラートが優しく手を取ってくれたことが本当に嬉しい。

少し歩こうかと言われて碧人は頷いた。

「どういう風の吹き回しだ」

「コンラートもそういう表現するんだ」

「そうではなくて――」

「うん、分かってる。別に特に何かがあったわけじゃないけど。けど、しばらくの間、研究所に籠りっきりだっただろ？　ネネやメルを背負って仕事してたけど、コロニーとカフェの業務に前ほど集中できなかったから。皆、寂しがってたし、それに――」

「碧人？」

「これからずっとここにいるんだ。だからさ、薬の開発だけじゃなくて、もっと自分にできることを探してやっていきたいなって。カフェのこともコロニーのことも、コンラートとの生活も」

「……それで料理を作ってくれたのか？」

「そういうことも含めて番だろ。よく分かんないけど」

番として、そして希人として何ができるのかは、まだ分からない。

コンラートが番の儀式でどんな力を得たのかも分からなかった。

けれど、はっきりと分かっていることがある。

自分はここで生きていく。コンラートとともに生きていく。

自分の意志でそう決めたから――。

「治療薬のことはもちろん聞いている。医師のゴードンや薬師のクルスとも話し合って、今後は負傷した竜騎士や兵士に使用し、時期を見て成果を発表しようと思っている。もちろん碧人のこともだ」

「え？」

「希人である碧人を伴侶に迎えたこと、正式な王太子妃としての立場を世間に公表する」

コンラートから真っ直ぐ見つめられる。その目に嘘はなかった。

王太子妃、妃殿下、姫……どうしても実感が湧かない。

そうか自分は王子と恋に落ちたのかと、改めて思い返す。天飛竜の番になった意識はあったが、そちら側の認識はまだなかった。

「俺って――」

「愛おしい私の番、そして愛する伴侶、麗しき王太子妃、可愛いお姫様」

「勘違いしすぎだろ」

「勘違いではない」

「俺、最初は妖精の赤ちゃんだったのにな……」

「その可愛い赤ちゃんの碧人も、私の心の中にちゃんといる」

「消せよ」

「消さない。消す必要がない」

「ああ……」

コンラートの溺愛は通奏低音のように変わらず、ずっと存在している。

その甘い旋律が碧人をここまで連れてきたのかもしれないが、やはり起こったことの全てを受け入れるには、まだ時間がかかりそうだった。

「碧人、おいで」

そう言って抱き寄せられる。大きな体に包み込まれた。

――ああ、あったかいな。

ふわりと深い森の匂いがする。

視線が合い、お互いがそれを望んでいるかのように、軽い、本当に軽いキスをした。

羽根が触れるような感触。慈愛に満ちた触れ合い。その優しさと温かさにうっとりする。

唇を離して、笑って、また抱き合った。最後に大きな手で頭をなでなでされる。そのなでなでは長時間続き、碧人の頭は鳥の巣のようになった。

――竜の溺愛はやっぱり独特だな……。

けれど構わない。

コンラートの肩越しに見える美しい夜景を眺めながら、碧人はひと時の幸せを噛み締めていた。

＊＊＊

氷山地帯の国家、コノティアとの戦争は佳境を迎えていた。

毒を持った天氷竜の竜騎士や竜人の兵士たちが、アルーシュ王国の兵士たちに次々と襲いかかった。国土そのものに攻め込むのではなく、目的はアルーシュ王国の兵士を傷つけることで、それは国家的な策略のもとで行われている暴虐だった。

確かに効果的なやり方だ。対人地雷に近い戦略でもある。

地雷は殺害ではなく怪我をさせることを目的に作られた対人兵器だ。手足を失う兵士が生まれることによって戦場の士気を下げ、精神的打撃を与えると同時にその兵士のケアに人員が割かれるため物理的な打撃も与えられる。そして国家に対しては障碍者が増えることで経済的な損失まで負わせることができる、例えるなら悪魔の兵器だ。

コノティアが行おうとしているのがまさにこの――殺してしまうよりも負傷させた方が敵兵力を奪うことに繋がる――というロジックで、アルーシュ王国の軍隊は竜毒の恐怖により一度負傷した者の出陣が容易にできず、二度目に噛まれた者が出た場合はそのケアや治療に奔走しなければならないといった、精神面と物理面、双方での脆弱性を抱えていた。そこを長らくコノティアの毒竜に狙われていたのだ。

だが、治療薬の開発によってこれまでの戦況が変わろうとしていた。

碧人をはじめとするクルスとゴードンは、運ばれてくる負傷兵に対して次々にアドレナリンを投与した。同時に薬の有効性を実証し、兵士や国民に対して、治療薬の完成により氷竜の毒を恐れる必要は一切ないと説明した。

最初は半信半疑だった兵士たちも、二度目に噛まれた者が命を落とさずに回復する様子を見て、これからは氷竜の毒を怖がらなくてもいいのだと歓喜乱舞した。その結果、兵士が戦場で恐怖心を持たずに本来の実力を発揮できるようになり、部隊の士気が高まった。

戦況が進み、コノティアの兵士たちも以前との違いに気づき始めたようだ。

精神的な恐怖から前に出られなかった翼竜の兵士たちが勇敢になり、見違えるほどの活躍をみせるようになった。

――噛まれることを一向に恐れない。

それがコノティアの兵士にとって逆に恐怖になった。

一体、何が起こっているのか。

その疑問と干渉が碧人をさらなる苦境に追い込むことになる。

「碧人さん、お願いします！」

「大丈夫だ、クルス。焦らなくていい」

「はい」

研究所の傍（そば）に併設された救護テントに次々と負傷兵が運ばれてくる。碧人たちはそこで診察と治療、投薬を行っていた。怪我をした兵には外科的治療を施し、必要であれば点滴や輸血も行った。碧人が開発した医療器具は多くの兵士の命を救う結果になったのだ。

「碧人さん、すみません。アドレナリンがもうないです」

「分かった。研究所に取りに行くから、ここは任せた」

「お願いします」

治療薬が置いてある保管庫の中は碧人しか入れない。セキュリティの観点から出入り口を小さく設計してあった。碧人は治療薬を取りに、テントから研究所へと急いだ。

兵士たちの容姿は様々だ。王家の血を継ぐ者は天飛竜と半人半獣の竜騎士姿で、それ以外の者は翼竜とドラゴニュート姿だった。やはり翼竜の負傷者が多い。竜人型に戻ることができず、その姿のまま運ばれてくる兵士もいた。今も碧人の横を負傷した翼竜が運ばれていく。

――とにかく急がないと。

碧人が駆け出したその時だった。

不穏な影に覆われて、足が地面から離れた。体が宙に浮き、身動きが取れない。

――どういうことだ。

首の後ろを噛まれているのが分かった。コノティアの毒竜だろうか。

暴れていると覚えのある声が聞こえた。

「おまえはもう終わりだ。あまりにも目立ちすぎた」

「え？」

「自らの狼藉（ろうぜき）を顧みて後悔するがいい。いや、反省か」

フフフと笑う声が聞こえる。

コンラートの兄――ファサードの声だ。

「おまえ――」

「身の程を知るんだ。未熟な生き物が！」

「なんだと」

「希人として正しい仕事をしてもらおう。それが本来の姿であり役目なのだ」

そう言うとファサードは翼を翻して高く飛び上がった。落ちたら死ぬ高さだ。

――くそ、もう逃げられない。

助けを呼ぼうとしたが、眼下に見えるのは負傷した兵士とそれを助けようとする竜人の姿だけだった。

どれくらいの時間が経ったのだろう。

酸素の薄さと極度の寒さから何度も気を失い、そのたびにファサードから尾で打擲(ちょうちゃく)された。アルーシュ王国の本土はもう一ミリも見えない。見えるのは雲と白い海だけだ。

白い海——海面が凍っているのか。

乱暴に降ろされた場所は、世界が氷で覆われた国、コノティアの王城だった。

本で見たままの白銀の世界だ。

だが、寒い。指先の感覚がなくなるほどの寒さだった。

コノティアは国土の八割以上が氷床と万年雪に覆われている氷山地帯の国だ。景色のほとんどが氷河と氷山で構成され、まるで街全体が氷の中に閉じ込められているようだ。

王城の城壁や要塞も氷で覆われていた。海岸線の氷山は青白く美しかったが、王都全体は薄い灰色のヴェールに包まれている。純度の高い氷は青いのかもしれないが、グレーの雪と氷で囲まれた王城は暗く、陰鬱(いんうつ)な雰囲気を醸し出していた。

門扉の前まで来るとファサードが人型に戻った。コノティアの衛兵と何か話をしている。

突然、両腕を後ろ手に縛られて驚いた。

そのまま衛兵から門扉の中へと押し込まれて、凍った道を歩かされる。鉄製の裏門から城の中へ入り、薄暗い螺旋(らせん)階段を上らされた。

――おかしいな……。匂いがしない。

城の中は生き物の営みの証である匂いが一切しなかった。微生物さえ凍ってしまうような、そんな世界なのだろうか。

階段を上がると今度は長い廊下だった。奥まで歩いたところで二人の衛兵が止まる。荘厳な扉が開き、背中を押された。躓くように中に入り、顔を上げると赤い絨毯の先に一人の男が座っているのが見えた。

――あれは、玉座か……。

半人半獣の男、この国の王なのだろうか。

やはり、額と腕と手の甲に特徴的な鱗模様があり、長い髪と透明な爪、そして冴えた瞳を持っている。コンラートとは違い、アメジストに似た濃い紫色をしていた。

思いのほか若く、美しい。そして、恐ろしかった。

コンラートの美貌はうっとり眺めたくなるような美しさだったが、この男が持っているのは目を背けたくなるような美しさだ。視線が合うだけで背筋が冷たくなり、魂が吸い取られそうになる。男の瞳は毒ヘビや毒グモに似た鮮やかな狂気を孕んでいた。

「希人をお連れしました」

ファサードが一礼する。

男はそれを無視して碧人の方に向き直った。

――眩暈が……する。

この頭がぐらつくような感じはなんなのだろう。

やはり気味が悪い。男の顔を見ているだけで吐き気がする。

「おまえは私が召喚した希人だ。本来であれば私と番い、その尊い能力を我が国コノティアに捧げるはずだった。それが、アルーシュ王国の王子と番うとは――」

悔しさが滲む低い声だった。

なるほど、この男はコンラートと同じ立場――王族の王子であり天氷竜なのだ。

コンラートとはずいぶん違う種類の王族だなと思い、正しさや誠実さは、やはり目に見えるものなのだと実感する。目の前にいる男からは邪悪なものしか感じない。

希人である碧人と番うことで特別な力を得て、世界を掌握しようと企んでいたのだろうか。それが叶わず、この報復を考えたのかもしれない。

「全く忌々しい。おまえはその希人の力で氷竜の毒を無効化する薬を開発し、番うことで王子に特別な能力を与えた。全てが想定外だ。この場で殺しても構わないが、そんなことでは私の溜飲(りゅういん)は下がらん。今さら私と番うことも叶わない。それならば、あの男から引き離し、その身を頂こう。竜と番った希人の肉を喰(く)えば不老不死の肉体が得られるのだからな」

男の目がキラリと光った。

恐怖で足が竦む。もう逃げられない。この男は本気で碧人を殺すつもりだ。

男の強い意志を感じて、碧人は息ができなくなった。

「希人を地下牢へ運べ。丁重に扱うんだ。決して傷つけるな。長生不老の力はもちろん、政治的な取引にも使える——生ける資源であり資産だ。牢に入れたらすぐに、お湯を与えて毛皮で包め。希人は軽度の低体温症を起こしている」

「畏まりました」

竜人の衛兵二人が返事をした。

碧人は手首を拘束されたままの状態で二人から抱き上げられた。

「ルドーサ王子、お約束を——」

ファサードが口を開いた瞬間、男がファサードの体を薙ぎ払った。

周囲に銀色の軌跡が広がり、ロングソードが放つ鈍い光に見えたが、どうやら天氷竜の翼のようだった。男は倒れたファサードを一瞥すると、吐き捨てるように一言二言呟いてそのまま部屋を後にした。

——家族を裏切る者を誰が信用するか。

男が残した言葉だった。

ファサードは本当に可哀相な男だった。

本来であれば、希人の碧人を差し出すことで得られる対価があったのだろう。それはアルーシュ王国での王子としての立場や、金貨や宝石などの報酬だったのかもしれない。だが、その約束は破られた。

意識を失くしたこの男は今どんな夢を見ているのだろう。せめて、それが悪夢でなければいいと思った。


連れていかれた地下牢はトイレとベッドがあるだけの簡素な部屋だった。石造りの壁に囲まれて中は薄暗かったが、ランプを一つだけ置いてもらえた。お湯と銀狐（ぎんぎつね）の毛皮を与えられたおかげで凍えるような寒さはなくなった。

ランプの灯りを眺めながらじっと考える。

自分はもう助からないだろう。

近いうちに処刑されてあの男に喰われる。それによってあの男は不老不死の命を得るのだ。本当かどうかは分からないが、コンラートと番ったことで体が変化した実感は確かにあった。男が不老長寿の体を獲得したら、ある意味、碧人は希人としての人生を全うしたと言えるだろう。

アルーシュ王国では薬と医療器具の開発をして、多くの命を助けた。そして王子の天飛竜（コンラート）と番い、特別な力を与えた。最後にコノティアの王子である天氷竜（ルドーサ）の血肉となり、その命を永遠のものとする――。

何か用意された物語のような、抗いがたい力を感じた。こっちの世界に来た時からずっと……。

これは最初から決まっていたことかもしれない。

だとしたら従うほかない。

それでも、と思う。

——生きたい。

何があっても生きたい。生き延びたい。

そしてコンラートともう一度、会いたい。

命に代えてでも会いたかった。

その姿を見るまでは死ねない。絶対に死にたくない。

碧人は証のペンダントを握り締めながら、コンラートに会うまでは必ず生き延びると心に強く誓った。


寝て、目が覚める。また眠って目が覚める。それを何度も繰り返した。

頭が痛い。喉が渇く。

体が砂袋のように重く、少し動いただけで眩暈がした。

どれだけの時間が経ったのだろう。

部屋の景色が変わらず、与えられる水や食事に規則性がないため、時間の概念が喪失していた。

ここに来てから数日しか経過していないと思い、自分の腕が細くなっているのを見て、それが錯覚だと分かる。本当は数ヶ月が経過しているのかもしれない。いや、もうすでに死んでいるのかもしれない。それくらい頭が混乱していた。

石壁を指で触ってその凹凸を確かめる。

一つ山を越えるたびにアルーシュ王国での出来事を思い出していた。

初めてこの世界へ来た日のこと。

美しい半人半獣の男と出会い、風呂(ふろ)に入れてもらったこと。

その男に子守歌を歌ってもらい、すごく音痴だったこと。

夜、ドームで絵本を読んでもらったこと。

セトやメルやネネ、メーリアと出会ったこと。

カフェを手伝い、セトと一緒にラーシェを焼いたこと。

コンラートが夜景を見せてくれたこと、碧人のために川で一緒に泳いでくれたこと。

薬の実験が成功してクルスと抱き合って喜んだこと。

いつもどんな時もコンラートが助けてくれたこと。

そして――

ふと目尻に涙が滲んだ。

コンラートに愛されたこと。

生まれて初めて家族以外の誰かから本気で愛された。

――ああ、俺は……。

幸せだったのだ。

本当に幸せだった。

あまりにも過分な幸福だった。

だからもう死んでも――……

キラキラした竜のモビールが思い浮かぶ。

「……なん……か、きれい……だ」

指が石壁の凹凸を辿って床まで進んだ。床は凹凸のない真っ直ぐな石灰岩だった。

もう終わりだ。

これでいい、これでいいのだ。

そう思った時、石壁の隙間から自分の名前を呼ぶ声が聞こえた。

多分、幻聴だろう。こうあってほしいという自分の想いが形になっただけだ。

爪の先に痛みを感じ、滲んだ血を吸った瞬間、目の前がチカチカと明滅した。

貧血か栄養失調だと思って仰向けになる。すると、屋根が突然崩壊し、飛竜の姿が見えた。その背後に眩暈がしそうなほどの星空が広がっていた。

「……き……れいだ……な」

「碧人」

「…………な、に」

「碧人！」

「……ラート……コン……ら――」

「大丈夫だ。しばらくの間、そこにいてくれ。すぐに助ける！」

あれは本当にコンラートだろうか。信じられない。

瑠璃色の鱗を持つ天飛竜が城の上を旋回していた。耳をつんざくような咆哮が聞こえる。

すると紫色の鱗を持った竜が現れた。

毒々しい天氷竜――コノティアの王子、ルドーサの竜型だった。

城壁の上で二頭の竜が激しくぶつかり合う。

鱗が音を立てて砕け、キラキラと輝きながら地上に降り注いだ。

ルドーサがコンラートの首に噛みつく。コンラートは尾でルドーサの体を締めつけた。

どちらも攻撃力は互角のようだ。

絡まって落ちそうになったところでまた離れる。

二頭の竜はお互いの背に激しく体当たりし、翼で薙ぎ払っては、尾を縄のように、そして槍（やり）のように使った。

コンラートの尾がルドーサの喉を突く。喉の皮膚は他に比べて柔らかいのだろう。ルドーサが声を上げて苦しんでいる。コンラートは構わず、その喉を突き続けた。

「……何？」

ほどなくして碧人がいる地上で妙な動きがあった。

衛兵の竜人たちが次々と姿を変えていく。そのまま翼竜となって一斉に空へ向かって飛び立った。

――まずい。ここは敵地（アウェー）だ。

おまけに体が凍りそうなほど寒い。コンラートにとっては不利な状況でしかなかった。

翼竜たちが小さな体と機動力を活かしてコンラートの翼に嚙みつく。コンラートはその集団を尾で追い払った。

数が多い。早く決めないと結果は見えている。碧人はただ祈った。

ルドーサがコンラートの翼を嚙んだ。鱗の割れる音がして破片がパラパラと落ちる。

そのままコンラートの翼の骨が折られた。破壊音が響き、右翼が壊れた傘のように垂れ下がる。ルドーサはコンラートを飛ばせないようにするためか、翼への攻撃を何度も繰り返した。

コンラートの右翼が砕け落ちてバランスを崩す。その隙を狙って、翼竜の集団が背後からコンラートに襲いかかった。天飛竜の姿が一瞬、見えなくなる。

——コンラート！

コンラートが真っ直ぐ落下する。気を失っているのだろうか。

どうしよう。このままでは墜落してしまう。碧人の指先が冷たくなった。

——もう無理だ。

地上にぶつかるというその瞬間、コンラートがふわりと翼を広げて浮上した。

「——え、どうして……」

碧人は自分の目を疑った。

骨が折れ、ボロボロだったコンラートの右翼が元の状態に戻っていた。傷一つなく、戦う前の翼のように、鱗と被膜が美しく輝いている。骨も真っ直ぐの形状に戻っていた。

信じられない。

それはルドーサも同じのようだった。

「貴様……」

ルドーサが低い呻り声を上げた。

「希人の力……貴様は希人と番うことで自己治癒能力を手に入れたのか！　畜生！」

激しい咆哮が続く。

コンラートはその間も失った尾の鱗を再生しているようだった。

これまで分からなかった力の謎がようやくここで解けた。番の儀式によってコンラートが得た力は、傷ついた己の体を修復できるヒーリング能力だったのだ。

ルドーサはそれを知って荒れ狂った。

本来は自分が得るべき力だったのだ。召喚した希人をコンラートに奪われたことで、その憎き相手が自分の攻撃さえ効かない相手に変化してしまった。神の断罪のような現実に、猛り狂い、暴れ回る。

場の空気を読んだ翼竜たちが一斉にコンラートに襲いかかった。だが、何度攻撃してもコンラートが元の状態に戻るため、やがて疲労困憊し、一人二人と離脱し始めた。

「畜生！　畜生！　畜生！」

ルドーサの恨みに満ちた低い声が空に響き渡る。そのルドーサに向かってコンラートが声を上げた。

「おまえは自ら誤ったのだ」

「なんだと！」

「召喚は神聖で崇高な神事だ。それを執り行うのにも必要な能力がある」

「うるさい、黙れ！」

「我々天竜の国は三十年に一度、能力者を希人として招く。希人は神から授かる特別な存在だ。そこに敬意を払い、国家と多くの人々のために能力を使うと誓える者だけが本来、召喚に与れる。おまえは王子という立場を利用して、私利私欲を満たすためだけに希人を召喚した。その能力がなかったにもかかわらずだ」

「うるさい、うるさい！」

「希人をコノティアの地まで召喚できなかったのが、その確たる証拠だ。碧人が落ちたのはアルーシュ王国の中心、私が隠れ家にしている場所の近くだった」

「くそが、黙れ！」

「おまえに少しでも自己犠牲の精神があれば、碧人を正しい場所まで招くことができただろう。これは偶然ではない。全てはルドーサ王子、あなたのエゴが招いた結果だ」

「畜生！　畜生！」

ルドーサが身を翻して叫んだ。王子でありながら召喚ができる天氷竜の器ではなかったことを晒され、怒りで我を忘れている。

「だったら……だったらあのガキを喰ってやる。その肉を自分のものにして、希人の力の一端を得るのだ。私も能力が欲しい。欲しくてたまらない。必ず手に入れてやる。なんとしてでも……」

ルドーサは翼をはためかせて、突然、碧人がいる塔に向かって飛んできた。

半壊している城壁塔のてっぺんに勢いよく体当たりする。衝撃で周辺の石壁がガラガラと崩れた。そのまま体当たりを続け、地下まで入れるくらいの大きな穴を空けた。周囲の建屋が跡形もなく崩壊する。

「畜生、殺してやる！」

「うわっ……」

碧人の頭の上に大量の土埃と瓦礫、鱗が降ってきた。苦しい。息ができない。目も開けられなくなった。

「碧人！」

「コンラート、お願いだ。助けてくれ！」

「大丈夫だ。今、行く！」

碧人を喰うことに必死になっているルドーサの首元へコンラートが嚙みついた。喰らいついたまま頭を振ってルドーサの体を地面に叩きつけた。激しい破壊音とルドーサの叫び声が聞こえる。恐ろしい絶叫は呪詛を含んだ今際の声だった。

「碧人！」

「コンラート、助けて」

コンラートが塔の上まで舞い戻り、碧人の体に翼の端を引っかけてすくい上げた。そのまま背中に乗せてくれる。

「ああ……俺――」

「大丈夫か？」

「……う、ん」

「待たせてすまなかった。碧人の匂いを辿るのに時間がかかった」

碧人は首を左右に振った。助かったと思い、安堵で涙がボロボロとこぼれた。

もう助からないと思っていた。

コンラートにも会えないと思っていた。

それなのに会えた。助けてくれた。

解放感と嬉しさで胸が膨らむ。苦しくて嬉しくてたまらない。

「あり……がと」

声が震えていた。

本当に助かった。助けてもらった。天飛竜のコンラートに。

そして王子であるこの男に――。

ルドーサは地面の上で痙攣していた。しばらくの間、口から泡を吹いていたが、徐々に体が動かなくなり、鮮やかだった鱗の色もくすんでいった。

それを見たコンラートが一気に高度を上げた。

加速するために翼を地面と平行にする。

すると背後で妙な気配がした。振り返ると翼竜の集団だった。ルドーサに対する仕打ちで我を忘れているようだ。コンラートが素早く尾で追い払い、ある程度、蹴散らしたところで城から遠く離れた。

「大丈夫か、碧人」

「うん」

翼竜の群れの執拗さには辟易したが、なんとかなったようだ。

速いスピードで飛ぶ。

天飛竜の背中は寒かったが、銀狐の毛皮のおかげで低体温症にならずに済んだ。

ホッとひと息ついた時、今度は二頭の竜の咆哮が雷鳴のように響いた。

——次はなんだ。

幻聴かと思ったがどうやら違うようだ。

振り返ると天氷竜と天飛竜がお互いの体を嚙み合っていた。

天候が一気に荒れる。本物の雷鼓が鳴り響き、二つの体が神話の一場面のように不穏に輝いた。

「くそっ！」

コンラートが声を上げる。

その二頭は倒したはずのルドーサと双子の兄のファサードだった。

——生きていたのか……。

コンラートが錐揉み状態で飛び、碧人を守ろうとする。だが、ルドーサがそれを許さなかった。最後の力を振り絞るように、ボロボロになった翼をはためかせながら、碧人に近づいてきた。

「私の……私の……希人……希人っ――」

「碧人！　気をつけるんだ！」

「私の……番、私の希……人、わ――」

ルドーサがコンラートの背中まで近づき、碧人の首元に向かって大きく口を開いた。

心臓が止まる。毒牙が見え、吐き気がするような甘ったるい匂いがした。それは竜毒の匂いだった。

――やはり、ここまでか。

碧人は覚悟を決めて目を閉じた。

噛まれて死ぬ、これで終わりだ。でも、最後にコンラートと会えた。コンラートの背で死ねるなら本望だ。

だが、しばらく経っても衝撃は来なかった。

おそるおそる目を開ける。

すると、ルドーサに向かってファサードが噛みついていた。ルドーサが断末魔の声を上げる。ルドーサの体は踏まれた紙飛行機のようになり、クルクル回りながら地上へ落ちていった。

「ファサード！」

コンラートが叫ぶ。

ファサードもルドーサに噛まれたのだろう。推進力を失って、そのまま地上に飲み込まれるように落下し始めた。

「くそ！」

碧人も叫んだ。ありったけの声で叫んだ。

「ファサード、人型に戻れ。戻って俺の手につかまれ！　早くするんだ！」

聞こえないのだろうか。ファサードの体は無言のまま落下を続けている。碧人はもう一度、叫んだ。

「馬鹿野郎！　おまえ一回噛まれてんだろ。なんでルドーサなんかに近づいた。考えなしの馬鹿たれが！」

ファサードが最後に碧人を守ろうとしたことは、もう分かっている。

腹が立つ、喉が痛い。目も頭も、心も痛かった。

「コンラート、ファサードの下に入ってくれ」

「やってみよう。だが、チャンスは一度きりだ」

コンラートがぎりぎりまで高度を下げ、ファサードの下へすり抜けるように入った。

飛竜姿のファサードがコンラートの背中でバウンドして落下が止まる。けれど、弱ったゴム毬（まり）のような体は勢いをつけてすぐに背中から滑り落ちた。飛竜の首がぎりぎりコンラートの右翼に引っかかる。

「くそ！　人型に戻れって。ファサード、俺の手をつかむんだ。聞こえないのか！」

「……もう助からない」

「諦めんなよ。アルーシュ王国に戻ったら治療薬がある。人型に戻れ。戻ってコンラートに謝れ！」

「私は……」

「おまえが勝手に自分を諦めることは許されない。俺が許さない。人型に戻って、コンラートに謝って、自分の罪を償うんだ。分かったか」

ファサードの体が人型に戻る。碧人はその手を引っ張った。

関節が痛み、全身の筋肉が硬直した。それでも諦めず、ファサードの体を引っ張り上げた。

スピードが出ているせいか重くてどうしようもない。風にさえ攻撃されているようだ。

──くそ、あともう少し。

残りの体力を両腕に全振りして歯を食いしばった。

ファサードの体がじわり、じわりと上がる。その肩がコンラートの背に乗ったのを確認した刹那(せつな)、碧人の全身から力が抜けた。

目の前が真っ暗になる。コンラートが叫ぶ声が聞こえた。

「碧人！」

「……大丈夫……ちょっと眩暈がしただけだ」

碧人は震える声で答えた。体力はもうゼロだ。

「二人を必ずアルーシュ王国へ戻す。あと少し、あと少しだ。頑張れ、頑張ってくれ！」

返事ができない。もう一ミリも動けない。

碧人は自分の手を握ることさえできなくなっていた。

コンラートの翼は力強く飛行を続けた。

暗闇の中を音速で進む。

碧人とファサードは無言のままじっとしていた。


アルーシュ王国に戻った後、ファサードにアドレナリンが投与された。九死に一生を得てファサードは瀕死（ひんし）のショック状態から回復した。けれど、死を免れてもなお、ファサードの精神状態は混乱したままだった。ゴードン医師の診断によると、長く続いた監禁生活と大怪我が原因のようだった。

研究所での献身的な治療を経て、ファサードはようやく落ち着きを取り戻した。

顔色が以前よりよくなった。邪悪なオーラが消え、竜側の顔にもそれほど恐怖を感じなくなった。碧人はファサードの治療にはあえて関わらなかったが、心も体も回復したのは見て分かった。

コンラートと二人きりで話したのだろう。

それがどんな内容だったのかは分からない。

けれど、優しさに満ちた会話だったに違いない。

コンラートはそういう男だ。

ファサードを助けると決めた瞬間から、彼を許す気持ちになっていたのだろう。

だからこそ助けられたのだ。

碧人は同じ気持ちにはなれなかったが、これからの彼を見ようと思った。

罰はいつでも与えることができる。

愛は一生だ――。

それを教えてくれたのも、またコンラートだった。

10

「え、ホントにこれ着るの？」

「ああ。今日のために用意させたんだ。着てくれ」

碧人は王城の中であたふたしていた。

ロイヤルウェディングではないが、王子であるコンラートと結婚し、王太子妃になることを正式に発表するためだ。王太子妃、妃殿下、姫、はたまた希人や番、伴侶など呼び方はなんでもよかった。

天飛竜の番として、そして王子の伴侶として、これからこの国で暮らしていくことを世間に公表する、そのお披露目会の準備のため二人は朝からずっとこの調子だった。

「なんか緊張するな……」

「広場に出るだけだ。心配しなくていい。それに――」

「え？」

「碧人の活躍はもう皆に知られている。これは結婚のお披露目というよりは、どちらかというと希人の碧人に感謝する記念式典のようなものだ」

「うーん、よく分からないけど」

希人としての活躍——治療薬や医療器具の完成、その他の行為が、国民から認められたのだろうか。だとしたら嬉しい。

シルクオーガンジーのドレープが美しい、純白のドレスには、七色の宝石が縫いつけられていた。その中央に飛竜のエンブレムが鎮座している。もちろん飛竜は美しい瑠璃色をしていた。

「失礼します。お着替えをお手伝いします」

竜人の女性がドアの前で一礼し、部屋の中へ入ってきた。近づいて碧人のドレスの裾を直してくれる。頭に被(かぶ)っているヴェールの位置も整えてくれた。

最後、ヴェール越しに目が合い、ニッコリと微笑みかけられた。

「あれ、あなたは——」

「はい」

手伝ってくれたのは、交流カフェで体の不調を訴えていた竜人の女性だった。手にあった細かい傷を見て、お針子さんだったのかと納得する。

「あなたがこのドレスを?」

「はい。希人様のことを思って、一針一針丁寧に縫わせていただきました。七色の宝石は希人様をイメージして配置しました。仕上がりはいかがですか?」

「それはもう。素敵なドレスをありがとうございます。こんな豪華なドレスを着るのは初めてで……。そうだ。あれから体調はどうですか？」

「ええ。薬草茶を飲んだら少しよくなりました。まだ眠れない日はあるんですけど。あ、あの……またカフェに遊びに行ってもいいですか？」

女性はコンラートを気にしてか小声で話しかけてきた。

「もちろんです。もしよければ、俺に裁縫を教えてくれませんか？」

「わぁ、なんでもご自分でなさるんですね。希人様はやっぱり凄いです」

「いや。ただなんとなく、子竜たちによだれかけを作ってあげたいなと思って」

碧人がそう言うと女性はクスッと笑った。とても可愛い笑い方だった。


馬車に乗り、王都にある中央広場に向かう。

座席の奥にいても、外にいる人々の歓喜の声が聞こえてきた。

──凄いな。

盛大に祝福されているのが分かって安堵する。

男であることも人間であることも、もう関係ないようだ。そもそも、自分だけがそれを気にしていた。竜たちの文化では端（はな）から話題にも上らないことのようだった。

馬車が止まる。ドアが開き、折り畳まれていた金属の階段が設置された。

目の前に赤く長い絨毯が伸びている。

――空が青い。

アルーシュ王国の壮大な青空だ。

「どうぞ、お姫様」

コンラートが手を取ってくれる。

碧人はその手をつかみながら階段を下りた。

――ああ……。

コンラートも眩(まばゆ)いほどの美しさだった。王族が結婚式の時だけ身に着ける正装――竜騎士の最高位が着る白い軍服に金の刺繍(ししゅう)と宝石をあしらったもの――を着ていた。長い手足に純白の軍服が似合っている。正直、カッコよすぎてまともに見られなかった。

長い赤絨毯を歩く。

コンラートとともに手を振りながら前に進んだ。

絨毯の両隣には背筋を伸ばした竜人の衛兵が三列になって並んでいる。

その広場の奥には王と女王、他の兄弟や王族たちの姿があった。ファサードも正装姿で参加していた。

コンラートが壇上へ上がる。それに続いて碧人も壇上へ上がった。

「うわぁ……」

上から見て驚いた。

大きな円形広場が数えきれないほどの人で埋め尽くされている。地面が全く見えない。その状態にもかかわらず誰もが明るい笑顔を壇上に向けていた。こんな数の笑顔は見たことがなかった。

温かい祝福の雰囲気に涙がこぼれる。碧人はコンラートが渡してくれたハンカチで目元を拭(ぬぐ)った。それを見た人々がまた拍手と歓声で温かく迎えてくれる。

静かになった。

コンラートが演説を始める。

美しい声を聞きながら、碧人は感動と幸福で胸が弾けそうになっていた。

目の前には王家の紋章があり、向かい合わせになった飛竜の彫金が陽の光を受けて輝いている。その飛竜の一つが天飛竜――コンラートの竜姿になっていた。軍旗も一列になって二人を祝福するようにはためいている。旗の縁取りは祝賀を表す金色だ。

なんて幸せなんだろう。

これまでずっと自分が手にしているものに光を当てて生きようと思っていたが、今、自分はたくさんの人々から光を与えられている。まるで自らが輝いているようだ。

本当に信じられない。

碧人は初めて与えられる喜びとその尊さを知った。今日のありがたさをしっかりと胸に刻む。

コンラートが演説を終えると、王太子殿下万歳、王太子妃殿下万歳、と群衆から声が聞こえた。

透明な紙吹雪が周囲を舞う。

ふと空を仰ぐと青灰色の飛竜が六頭、場を盛り上げるように飛んでいた。

祝典専用のアクロバットチームだろうか。その中に二頭、小さな翼竜がいることに気づいた。

——あれは……ガレスとキュクロか。

その翼竜から聞き慣れた声が響いて驚いた。

「にいたーん、おめでと」

「こんらとさま！」

「にーたん、きれい」

なんと二人の背中にはセトとネネとメルが乗っていた。黒ジャケットの正装姿で小さく手を振っている。可愛い。

碧人は気づかないふりをしながら、心の中で微笑んだ。

——みんなありがとう。

本当にありがとう。

たくさんの愛をくれてありがとう。

必ず、必ず、返すからな。

それまでずっと見守っていてくれ――。

歓声が続く。

王太子のコンラート、王太子妃の碧人、そして希人の碧人を祝福する声はいつまでもやむことはなかった。

＊＊＊

「城に住まなくてもいいのか？　王太子なのに」

「政務はきちんと行っている。どこに住むかは私の自由だ。ベッドで政務をするわけじゃないからな」

「確かに」

儀式を終えた碧人とコンラートは、普段着姿でベッドに腰かけていた。

ドームの中にあるぽわんぽわんのベッドで並んで横になるのは、二人にとって当たり前の日常だった。今さら城には住めない。話し合って、その問題はしばらく先送りすることにした。

「だいたい、コンラートは寂しがり屋だもんな。一人だけ城に住むのは絶対に無理だ」

「一日ぐらいなら、大丈夫だ」

「ホントに？」

「ああ」

もう一人じゃ眠れないくせにと思いつつ、碧人は突っ込まないでおいた。

自分もそうかもしれないのだ。

コンラートが腕枕をしてくれる。その状態で愛おしそうに髪を撫でられた。コンラートにとっては当たり前のそんな小さな優しさが嬉しい。

「俺……好きだった」

「何がだ？」

「コンラートに抱き上げられることや、膝の上に乗せられること。体を撫でてもらったり、絵本を読んでもらったり……こうやって髪を撫でられることも」

「赤ちゃんじゃないと、真剣に怒っていなかったか？」

「はは、そうだったかな。けど、ここで過ごす時間が好きだった」

「それは私もだ」

視線を交わしながら唇を重ねる。コンラートの爽やかな匂いと、なめらかな唇の感触が心地いい。ずっと吸っていたくなる。

「別に子ども扱いされたいわけじゃなくて、ただ、コンラートに触られるのが嬉しかったんだ。とにかく優しい手だからさ」

「分かっている」

碧人の頭を撫でていた手が頬に移動する。そのまま親指が碧人の唇を這い、軽く開かされた。顔を近づけられて、捲れた粘膜に直接口づけられる。強く、弱く、唇を吸われて、痺れた隙間にぬるりと熱い舌を入れられた。

——ああ、気持ちいい……。

肉厚で、けれど繊細な動きをするコンラートの舌。自分の歯の表面や歯茎までゆっくりと舐められる。そこに気持ちのよさがあるとは思わなかったが、神経が通っている以上、触られ方によってはひどく感じてしまう。

——ああ……。

竜は独占欲が強く、好きになった相手には執着する生き物だ。だからこそ、相手の体の隅々まで可愛がる。全部、知っておきたい、あるいは全ての場所にマーキングしたいとでも言うように。これはきっと最上級の愛情表現なのだろう。

そんな習性さえも愛おしい。だんだん分かってきたが、まだ分からないこともたくさんある。竜はやはり、どこまでも神秘的な生き物だ。

「んっ……」

今度はねっとりと舌を絡まされる。自分の舌を飲み込まれるんじゃないかと思うくらい、深く絡まされた。

ディープキスのせいでコンラートの髪がさらさらと頬に落ちてくる。くすぐったい感触と深い森の中でキスしているような錯綜感に体が蕩けた。気がつくと両手でその髪をつかんで、与えられた男の唾液を飲みこぼさないようにしがみついていた。

「碧人は可愛いな……」

「コンラートのことも、可愛いと思うよ」

何も小さな子どもや動物だけが可愛いわけじゃない。

愛おしいものは全て可愛く、コンラートの額にある鱗模様や青い爪も可愛いと感じる。同じようにコンラートも自分のことが可愛いのだろうか。

「碧人の全部にキスしたい」

コンラートはそう言うと、碧人を裸にして、頭のてっぺんから爪先まで口づけた。

碧人もそれに応戦する。コンラートの着衣を脱がして生まれたままの姿にした。上衣を外すと、服を着ているのがもったいないほどの美しい胸像が現れる。磨いた大理石のように白くなめらかな肌をしているが、触ると充実した筋肉の質感があった。天飛竜の姿を思わせる青い腕の模様も美しい。

キスを続けながらコンラートの胸の上に自分の耳を置いた。

　心臓の音を聴く——。

「ああ、いい音だ」

「ん？　どういうことだ？」

「心音ってさ、生命そのものって感じがするだろ」

「ふむ」

「例えば小動物。命が数年しかない生き物は心音が速いんだ。逆に長生きする生物は心音がゆっくりだ。人間には当てはまらないけど……コンラートは長生きしそうだ」

「碧人とずっといたいからな」

「うん」

　会話を続けながらお互いの体を愛撫する。

「ずっと聴いていたくなる」

「寝そうだな」

「寝ないから。寝かす気ないだろ？」

「フフ、可愛いな」

　性器を握り合って擦っていると不意にコンラートが体を起こした。自分の右の乳首をちゅっと吸われる。先端を舌でくすぐられながら、時々、側面に歯を立てられて、最後は乳暈（にゅううん）ごと吸われた。

――ああ、温かい……。

そうされるとあまりの気持ちよさに言葉が出なくなる。碧人が感じているかどうかは、コンラートが握り込んでいる場所が教えてくれているだろう。

同じようにコンラートの胸に吸いついた。

なめらかな筋肉の上に心地のいい粒がある。眺めているだけでもうっとりするが、口に含むともっとうっとりする。コンラートの体は美しい筋肉に覆われて、肌の表面から雄の色香が滲み出ていた。匂いを嗅ぐだけで興奮する。

「今、心音が共鳴してる」

「碧人と一緒に達くのもいいな」

「いつもコンラートがコントロールするくせに……」

「碧人、こちらへおいで」

コンラートはそう言うと碧人の体を自分の膝の上に乗せた。ベッドの上で座位の体勢になる。体格差があるので、碧人がちょこんと乗る感じがちょうどいい。

お互いの性器を重ね合わせて握り込む。碧人の手の上からコンラートが握った。フォルムがぴったりだ。コンラートの半分くらいの碧人のペニスが気持ちのいいところで収まる。

「碧人は小さいが硬くて元気だ」

「小さいとか言うなって」

「慎ましいの間違いだった」

「直すなよ。余計に傷つくだろ」

そう言いつつ、お互いを握って扱いた。

――あ、気持ちいい……。

コンラートの三段ある亀頭が自分の裏筋に当たって感じてしまう。手の圧の強さも絶妙で、あっという間に追い込まれた。くちゅくちゅと嫌らしい音がして、輪にした指の間から透明な先走りが飛び散る。

「ああ……すごい、気持ちいい」

「私もだ」

コンラートとは体温が全然違う。出す体液の温度も違う。自分とは別の生き物だと分かって、よりその存在が愛おしくなる。コンラートの熱い体とその内側で温められた体液が碧人は大好きだった。

「あっ……イク……かも」

「碧人が先でいい」

「けど――」

コンラートが手のスピードを速める。不用意な快感に寸止めができなくなった。激しい射精感に襲われる。

――ああ、もう……。

我慢の限界を越えて、碧人は真っ直ぐ白濁を放った。それでもコンラートは動かすのをやめない。

「や……敏感になってるから――」

射精した後の亀頭は敏感で、あまり触ってほしくない。

けれど、コンラートがまだ吐精してない以上、碧人が我慢するしかなかった。

「あっ……うんっ……ううっ……」

亀頭が痺れて小さな切れ目が開く。茎の根元が熱い。

潮を吹くのだと分かった。

「やっ……やあっ……痛いっ――」

コンラートの手の間から、ぴゅっぴゅっと透明な液体が飛び出る。水鉄砲でも撃っているみたいに、規則正しく出た。

――あ、感じる……。

最初は痛いのにすぐに気持ちよくなる。射精とはまた違う快感に甘く喘いだ。

「……止まら……ない……あっ」

「私も……そろそろだ」

コンラートの屹立が硬くなる。激しく手を動かしたところで一度、拘束を解いた。

なんでと思い、目が合う。

「碧人の中を私の種で濡らそう。この後が楽になる」

「それ……やっ……」

「大丈夫だ。全部、気持ちいいだけだ」

コンラートに両足を持たれて体を押さえつけられる。抵抗はできない。中に射精することでそれをローション代わりにしようというのだ。

恥ずかしい。たまらなく恥ずかしい。

何よりも、精液で満たされた状態で中を搔き回される行為が嫌だった。

――気持ちよすぎて頭が変になるから。

嫌だと首を振りつつ、でも期待してしまう。その気持ちのよさをもう知っているから。

「挿れるぞ」

「や、待って――あっ……ああっ……あぁぁっ」

まだ解されていない孔にコンラートの亀頭が入ってくる。熱くて怖い。ぬるんぬるんと二段だけ入って射精が始まった。

「出すぞ」

「いやだ……もう……ああっ――」

ドピュッと重く熱せられた体液が入ってくる。

その衝撃でペニスが根元まで入ったような錯覚に襲われた。

熱い、苦しい。お腹がいっぱいになる。もうやめてくれと首を振った。それでも許されず中をいっぱいにされる。

——頭が……くらくらする。

息ができない。眩暈がして全身が甘く痺れた。

「もうこれで痛くない。すぐに媚薬(びやく)が効いてくる」

「うっ……」

それは事実だった。

コンラートの種を受け入れてしばらくすると体が開く。そして、ぐずぐずに溶けそうなほど感じる状態になってしまうのだ。

不思議だった。

遺伝子レベルで共鳴しているせいだろうか。

種付け後のセックスは、媚薬に酔うような、体が宙に浮くような、頭の芯がとろりと溶けてしまうような、説明しがたい極上の快楽があった。

「可愛い私の碧人、私の番」

よく頑張ったと、優しく口づけられる。

視線を合わせながら、微笑みながら、ただ触れるだけのキスをされる。睦言(むつごと)の間のキスはいつも優しい。それが好きだった。

「……あのさ」

「ん？」

ふと気になっていたことを尋ねてみる。

「コンラートの自己治癒能力って、やっぱり俺が獣医だったから？」

「確かにそうかもしれないな。元々、特殊な能力を有する希人を召喚することが神事の通例だった。召喚者は時としてその希人と番になり力を得る。けれど私は、能力というより、それが碧人自身の特性だったと捉えている」

「どういう意味？」

「獣医だからヒーリング能力を与えられたわけではなく、碧人の心の中に誰かを救いたいという気持ちがあって、結果としてそれが獣医の道に進むことになり、希人の力にもなった。碧人の思いの強さと信念が希人の能力へと繋がった。そういうことだと考えている」

「そっか。なんか分かる気がする」

碧人が獣医を選んだ理由は、全ての命を平等に救いたいと思っていたからだ。そして、自分の能力に光を当てて、ほんの少しでもいいから誰かの役に立てればいいと、そう願っていた。

これは、まさに希人の存在意義だ。だから、これでよかったのだと思う。

これからもできることをやっていきたい。

無理せずに、前向きに。自分のためにも、そしてコンラートのためにも。

「碧人、もう――」

「うん」

「私を受け入れてくれるか？」

「聞くなって」

コンラートが覆いかぶさってくる。

汗が蒸発するたびに官能的な香りがする胸が迫って、縋りつきたい気持ちになった。この体が自分のものなんて本当に信じられない。抱きついて竜の匂いを堪能した。深い森の匂いと汗の匂いが入り混じって、その癒しで心が満たされていく。

――この男の全部が欲しい。

匂いも汗も、肉体も何もかも、その一切を自分のものにしたかった。

与えられるものの全てが奇跡のようなものだからだ。

「碧人」

腰を持たれて挿入の体勢を取らされた。自分との体格差を思い知る、この瞬間はいつも怖い。けれど、もう平気だった。

視線が合う。覚悟を決めて見つめ返した。

「来いよ」

「碧人、愛してる」

「うん……あっ……ああっ……ぐっ……」

コンラートのペニスが自分の襞に口づける。キスのように何度も輪をつつきながら、ゆっくりと孔の中に潜り込んでくる。筋肉を開き、道を作り、進みながらさらに碧人の柔壁を押し広げた。段差のある亀頭がずるりずるりと埋まる。

大きくて硬い。刺されて苦しくて一ミリも動けないのに、もっと欲しいと思う。

——あ……。

行き場を失った精液が狭い隙間から溢れ出る。自分の体液と混ざった種がその尻の間を伝うのが分かった。ぬるくとろっとした感触がたまらなくエロティックだ。

「碧人」

「あっ……それ……」

中の気持ちいいところを押されて声が出る。三段の雁首で前後されると、でこぼこでこぼこと、前立腺を永遠に擦られて気を失いそうになる。コンラートの抽挿はいつでも泣きそうなほど気持ちがよかった。

——なんか、もう……。

挿入されて射精するような安易な快楽ではない。直線ではない、どこまでも深く潜っていくような終わりのない気持ちのよさだ。

「動いてもいいか？」

「……うん、いい。動いて」

コンラートが碧人の顔を眺めながらゆっくりと腰を動かす。どっちに進んでいるのか分からないほどじわじわ抽挿される。ゆっくりだからこそ粘膜が擦れる卑猥な水音が響く。

顔を見られているのが恥ずかしい。平静を装ってもすぐにバレてしまう。

――本当は、たまらなく感じていることが。

はっ、はっ、と小刻みに呼吸して、コンラートをやり過ごす。それでもやがて、甘い声を洩らしてしまう。

「可愛い……」

囁かれて奥まで突き込まれる。背筋が跳ねて、膝が震えた。額にじっとりと汗が滲む。

奥の柔らかい場所、まだそんなにコンラートを知らないところまで深く犯される。ぐちゅっと肉が潰れる音が聴こえた。

「あっ……きもち……いいっ……」

「碧人」

奥も真ん中も入り口も。全部、気持ちいい。何もかもコンラートの雄に犯される。

ぎりぎりまで引き抜かれて、最奥まで貫かれる。爪先から頭のてっぺんまで穿たれて、全身が心臓になった。

徐々にコンラートのスピードが速くなる。

中でコンラートの精液が泡立つのが分かった。

――ああ……。

気持ちいい。もう何も考えられない。ただひたすらこの快楽を享受する。

自分の内臓と皮一枚隔てた場所にコンラートがいて、ぬめりに使った精液の居場所すらなくなるほど中がいっぱいになっている。我が身を貫くほどの大きさにたじろぎながら、それでも男の存在が愛おしくて仕方がなかった。

「碧人、愛してる」

「俺も」

体を揺らされながら必死で答える。自分の大切な半身だから。

「碧人は、私が初めて本当の姿を見せることができた相手だった。本当に特別で、本当に大切な存在だ」

「うん」

「希人や番という概念ではなく、ただ純粋に碧人のことを愛している」

「分かってる」

だからこそ出会えたのだ。

本当ならコノティアの天氷竜と番うはずだった。それが運命であり宿命だったのだ。

その運命の道筋を変えられたのは、お互いが本当に想いあっていたから。

真っ直ぐ、純粋に。そして誠実に。ずっと好きだったから――。

「……俺たちはもう大丈夫だ。これからなんだって……やれる」

「そうだな。だが、何もできなくてもいい。碧人はそのままでいい。このドームで、どこにも行かずに傍にいてくれて、ただ一緒に眠ってくれたらそれでいい」

フッと笑みが洩れる。

コンラートの本音だった。

大丈夫。コンラートの孤独は俺が必ず癒すから――。

碧人は心の中で語りかけた。

「私の上に――」

「あ、うん……あぁっ……」

正常位の状態から上半身を起こされて、コンラートの腰の上に乗る形になる。体を貫かれているせいで安定はしているが、そこを重心にできるほど快感に慣れていない。

「碧人はそのままでいい。私が動く」

「や……それ……むりっ……」

腰を持たれて下から突かれた。

自重で深く潜り込む体勢の上に、下から激しく犯されて体が滅茶苦茶になる。逃げることもやり過ごすこともできず、ただコンラートの腰の上で喘ぐ。ぐらぐらに揺らされて、大小の波に襲われて、泣きそうになる。

もう体が溶けきってコンラートと一つになっているみたいだ。

気持ちのよさと苦しさで鳥肌が立つ。その快感で硬く尖った乳首を下から摘まれた。

「ああっ……」

竜の咆哮のように、顔を上げて喉を尖らせて、愉悦の声を洩らす。

気持ちよくてたまらない。

——あ、凄い……。

吹き出した汗がぽたぽたと落ちてコンラートを彩っていく。

両手で下から胸を押すように支えられ、指先で乳首を刺激される。尖りと中の気持ちよさで自分のものが角度をつけた。天を突くように実った果実からとろりと透明な蜜がこぼれる。

「あっ……コンラート……もう……」

「大丈夫だ。綺麗だ、碧人」

「そんなの、いいから……」

コンラートに綺麗だと褒められて嘘だと思いつつ、その言葉の意味が分かっていく。揺

らされてぐちゃぐちゃにされて汗をかいて、それでもコンラートに愛されている喜びで全身が満たされている。光って、蕩けて、泣いて、輪郭さえ滲んでいく。

——ああ……俺。

コンラートの愛で満たされている。そして、自分の想いも溢れている。

もらった愛情をそのまま見せているのかもしれない。今、自らのこの肢体で。

コンラートの手が慰めるように碧人の腰骨に触れた。

「碧人」

「う……ん……ああ……っ」

その手をつかんで波に身を任せる。

碧人の中を突き進むそれは、よりいっそう硬さを増し、包み込んでいる自分の肉が足りないと思えるほどの成長をみせた。碧人の中で光っているのだろうか。熱くて、熱くてたまらない。もう何もかも限界だった。

「イキ……そう……」

「分かった」

コンラートが体を起こして碧人を仰向けにしてくれる。貫かれたまま体位を変えられてまた感じてしまう。続く快感で息ができなくなった。

全身が痺れる。

——もう……。

コンラートの動きが激しくなる。碧人の二度目の限界も近づいていた。

「コンラートも……一緒に——」

「ああ、一緒だ。愛してる、碧人」

「俺も——」

激しく腰を打ちつけられる。

嵐に巻き込まれて、もう何も考えられなかった。

目の前が揺られて真っ白になる。

碧人はコンラートの名前を呼び続けた。

コンラートの光る体にしがみつく。もう限界だ。

「あ……イク——……っ」

「碧人」

コンラートが震えながら欲を解き放った。熱い塊が奔流となって、体の中心に押し寄せてくる。心拍数が限界まで上がって、その心臓ごと揺さぶられ、どこかに投げ出されてしまいそうだった。

碧人自身も快感に喘ぎながら射精を迎えた。

——気持ちいい。

こんな快楽は知らない。

圧倒的な快楽の中、ゆっくりと意識を手放した。

愛してると呟きながら――。

エピローグ

「碧人さん、おはようございます」

「ああ、おはよう」

研究所のあちこちで朝の挨拶が響く。

今日も薬師のクルスは元気だ。眼鏡の奥の赤い目をくるくる動かしながら碧人の顔を見ている。

「今日は何をします？」

「そうだな。何をしようか」

やりたいことはたくさんあった――。

竜人専用の病院を作ること。

薬草茶の研究をすること。

子竜たちに服を作ること。

新しいカフェのメニューを考えること。

石窯で次なるレシピを開発すること。

もっと大きなドームを建築すること。

王太子妃としての作法を学ぶこと。

そして、二人の子どもを持つこと。

焦らなくていい。時間はたくさんある。

だって、これからはずっと、ここで生きていくのだから——。

「にいたん」

「にいたーん」

セトとメルが部屋に入ってくる。

「おいおい、まだ朝だぞ」

碧人がそう言うとセトが声を上げた。

「ころにに、あたらしいこがきたの。だから、にいたんにあいさつしないと」

「そうか、どんな子だ」

「かまない、どくりゅうのこ」

「そうか。ネネに仲間が増えたんだな。よかったな」

「うん。みんなもよろこんでる」

「後で必ず行くから」

「やくそくね」

「ああ、約束だ」

「ばいばい、あとで」

子竜たちはそう言いながら研究所を後にした。

ぴょんぴょん跳ねる小さな体を見送りながら、碧人はゆっくりと天を仰いだ。

——空が青いな。

アルーシュ王国の空はどこまでも澄んでいて、高く、青く美しい。

コンラートそのものみたいだ。

碧人はフッと微笑んだ。


そのままカフェに向かった。竜人の店員たちと一緒に開店前の手伝いをする。

ラディヤ・ミエリと描かれた白い看板を磨き、入り口のアプローチを掃除する。店の床に箒（ほうき）をかけ、窓も綺麗に拭（ふ）いて、テーブルに上げていた椅子を下ろす。キッチンではラーシェを焼き、薬草茶の準備も整えた。ムリダムの皮も剝いてテーブルに飾った。

営業開始時間が近づく。すでに待っていた客と目が合った。

碧人は入り口のドアをゆっくりと開けた。

「いらっしゃいませ、ようこそドラゴンカフェへ！」

笑顔でお客さんたちに声をかける。すると竜人の客がどんどん店内に入ってきた。

カフェの中には飛竜や翼竜の子どもだけでなく、火竜や氷竜の子どももいた。黄緑に青緑、橙(だいだい)に紫と色鮮やかだ。皆、新しい出会いに胸を膨らませてキュウキュウ鳴いている。

碧人は客に挨拶をしながら、子竜たちの頭を撫でた。

さあ、今日は何をしようか。

何ができるだろうか。

心配しなくていい。

その答えはきっと、ここにいるみんなが教えてくれるはずだ――。

（了）

セトのほっこりカフェレシピ

みなさん、こんにちは。

ぼくのなまえはセトです。

きょうはみなさんに、おいしいカフェのおりょうりを、しょうかいしたいとおもいます。

おりょうりは、にいたんといっしょにつくります。

よろしくおねがいします。


【よういするもの】
・にいたん
・メル
・いしがま
・おりょうりのざいりょう、いろいろ

まず、にいたんをよういします。

にいたんはコロニーやけんきゅうじょにいることがおおいです。おしごとにしゅうちゅうしているので、トイレにたったときがねらいどきです。たったときに「にいたん」とこえをかけてみましょう。「いしょに、おかしつくろう」とさそうと、だいたいやってくれます。

つぎにメルをよういします。

メルたんはひをふくこりゅうなので、なにかとべんりです。いしがまにひをつけたり、おりょうりのひょうめんをこがしたりできます。やきりんごや、やきぷりんのざらめぶぶんを、ぱりぱりにすることができるので、とてもべんりです。（きげんがわるいときにめいれいすると、ひをふいてきたりするので、ちゅういがひつようです。セトはなんどもやられています）

ふたりがよういできたらカフェにむかいます。カフェのなかには、いしがまとキッチンがあります。なんでもあるのですごくべんりです。

ここでにいたんにつくりたいものをいいましょう。なんでもいいです。いうとにいたんがざいりょうをそろえてくれます。とてもべんりです。

きょう、みなさんにしょうかいするのは、ピザというおりょうりです。

このおりょうりは、にいたんがかいはつしたカフェのメニューのひとつです。にいたんはたくさんのおりょうりをかいはつしました。にいたんは、けんきゅうじょのせんせいであり、りょうりにんでもあります。すごいですね。

ピザはねりねりしたしろいもの（きじといいます）をのばしてつくります。

にいたんといっしょにきじをねりねりします。

のばすとき、そらになげます。

なげるとおおきくなります。

セトはときどき、しっぽいして、あたまからかぶってしまいます。すると、みんながたのしそうにわらいます。おりょうりには、わらいがかかせません。えがおは、おりょうりのエッセンス（このいみはしらない）なのです。

みなさんも、えがおでおりょうりしてくださいね！

さて、ねりねりがまるくのびたところで、こんどはざいりょうをのせていきます。これはなんでもいいです。たべられるものならなんでもだいじょうぶです。どんどんのせていきましょう。えんりょはいりません。

セトはラーシェがすきなのでいっぱいのせます。

セトはあまいピザがすきなのです。みなさんはどうですか？

ラーシェをのせたらハチミツとあまいクリームをのせます。そしてできたねりねりを、いしがまのなかへいれます。

あとはやくだけ。かんたんですね。

みなさんも、おうちにいしがまがあれば、にいたんとメルたんをよういして、ピザをつくってみてください。セトもいっしょにおうちへいくかもしれません。

「おお、できたぞ、セト」

「にいたん、ありがと」

にいたんがあつあつのピザをいしがまからだしました。とてもおいしそうです。

そのピザをおおきなおさらにのせて、カフェのテーブルまではこんでくれます。

にいたんはやさしいですね。みなさんも、そうおもいますか？

「セトの料理はいつもてんこ盛りだな」

「てんこもりてなに？」

「欲張りってことだ」

「ふふ」

にいたんのことばのいみはわかりませんでしたが、ほめてもらえたのでよかったです。

にいたんにむかってふにゃっとわらってみせます。これはすきとかんしゃのあいずです。

セトがいすにすわったところで、カフェのとびらがあきました。

おきゃくさんのようです。

「ん？　ネネとメーリアか。わ、コンラートまで来てるし……」

「こんらとさま！」

おうじさまのこんらとさまもきました。

こんらとさまは、きょうもかっこいいです。きらきらしていて、せがたかくて、かおがいいです。かみもきれいです。こんらとさまはセトのあこがれなのです。セトもこんらとさまみたいになりたいです。どうすればなれますか？

「セト」

「こんらとさま、しゅてき」

ぼおっとしていると、こんらとさまがだっこしてくれました。

あたたかくていいにおいがします。

「こんらとさま、ぴざたべて」

「ん？　セトが焼いてくれたのか？」

「うん」

こんらとさまはせきにつくと、セトがつくったピザをてにとってくれました。

こんらとさまは、このきのみのラーシェがだいすきなのです。セトはしっています。だから、このピザはこんらとさまがよろこぶピザなのです。

「頂こうか」

こんらとさまはそういって、ピザをひとくちたべました。めをとじてしあわせそうなかおをしています。こんなときもこんらとさまは、かおがいいです。

「美味しいな。愛情たっぷりのピザだ」

　こんらとさまがセトのあたまをなでてくれました。うれしくてむねがぴょんぴょんします。こんらとさまはやさしいです。そして、かおがいいです。

「セトはいつもコンラートのことを考えてるもんな。このラーシェに入っている木の実だってセトがコンラートのために森で採ったんだ」

「そうだったのか？」

「うん、そうだよ。なあ、セト？」

　にいたんにそうきかれたので、セトはうなずきました。とてもほこらしく、はずかしかったです。りゅうはわかりませんが、ほっぺがあつくなりました。

「やはり、料理には愛情が必要だな。この交流カフェの料理には、皆の愛がこもっている。碧人やセトやメルやネネ、メーリアをはじめ、ここで働いてくれているスタッフの愛がたくさん入っている」

　こんらとさまはかんしんしたように、そういいました。

「どれも美味しくて私は幸せだ。ありがとう、セト」

「きょうのこのぴざには、わらいもはいてる」

「ん？」

　セトがそういうと、にいたんがきょうのしっぱいをせつめいしてくれました。

カフェのなかがえがおでいっぱいになります。
やはり、おりょうりには、あいとえがおがひつようなようです。
みなさんも、それをわすれないでくださいね。
それでは。
いつかまた、セトのおりょうりのおはなしを、きいてくださいね！

（おしまい）

あとがき

はじめまして、谷崎トルクと申します。

このたび憧れのラルーナ文庫様から『異世界でドラゴンカフェの専属獣医になりました』を刊行させて頂く運びとなりました。ラルーナ様では電子作品を二作出させて頂きましたが紙の本は今回が初めてで、その身に余る光栄に打ち震えております。大好きなテーマ――ドラゴン・異世界・カフェ・医療が合わさった作品で楽しみながら書かせて頂きました。

幼い頃から妖精やドラゴンが好きで、もし手に入ったらどうやって飼おうかと真剣に悩んでいるような子どもでした。躾はどうするのか、食事や手入れはどうしたらいいのか、そもそもどこで面倒を見るのか（もし下校途中で拾ったら母親から反対されて『元の場所に置いてきなさい』と言われてしまうな）など、あれこれ思い悩んでいました。その対策として自宅の裏庭に匿うための大穴を掘り、物置をアンカーごと斜めにしたのはいい思い出です。結局、アジトを作ることはできませんでしたが、穴掘りのスキルだけは上がりました。そんな幼い頃の空想と計画が今回の作品に生かされ（穴はドームになりました）、人生の伏線はどこで回収するか分からないものだなと感慨深い気持ちになりました。

作品の中で一番好きなシーンは、夜に飛竜姿のコンラートの背に乗って街を見るところです。冷たい空気や風を切る音を感じながら、月夜に輝く竜の鱗と美しい夜景を眺める……凄くロマンティックですよね。一度でいいから経験してみたいです。また、ふよふよすべすべのベビードラゴンが書けたことも僥倖でした。「にいたんにいたん」と黄金色の目を輝かせながら甘えてくるセトが本当に可愛くて、ずっとこの世界にいたくなりました。

自身に降りかかった運命を受け入れつつ、その能力を存分に使い、試行錯誤しながら新しい世界で自分の人生を切り開いていく——そんな男前な受けの碧人のことも併せて応援して頂けると嬉しいです。

最後になりましたが、この本を手に取ってくださった皆様、素敵な挿絵を描いてくださった兼守美行先生、ご指導を頂きました担当編集様、全ての皆様に心より感謝申し上げます。また、お会いできることを願って——。

谷崎トルク

本作品は書き下ろしです。

この本を読んでのご意見・ご感想・ファンレターなどお待ちしております。**〒111−0036 東京都台東区松が谷1−4−6−303 株式会社シーラボ「ラルーナ文庫編集部」**気付でお送りください。

異世界でドラゴンカフェの専属獣医になりました

2022年5月7日　第1刷発行

著　　者｜谷崎 トルク
装丁・DTP｜萩原 七唱
発 行 人｜曺 仁警
発 行 所｜株式会社 シーラボ
〒111-0036　東京都台東区松が谷1-4-6-303
電話　03-5830-3474／FAX　03-5830-3574
http://lalunabunko.com
発 売 元｜株式会社 三交社（共同出版社・流通責任出版社）
〒110-0016　東京都台東区台東4-20-9　大仙柴田ビル2階
電話　03-5826-4424／FAX　03-5826-4425
印刷・製本｜中央精版印刷株式会社

　ISBN978-4-8155-3269-7